胡幼偉 著

不要叫我名嘴

電視新聞評論員的職業生涯與工作型態研究

臺灣學生書局印行

【自序】

在台灣當前電視新聞工作環境中，經常出現於談話性節目的名嘴，是很受社會各界注意的資訊傳播者；而所謂的名嘴現象，也已經成為一種新興的傳播職業文化。

這一群電視新聞評論員幾乎每天出現於電視談話性節目中，卻不隸屬於任何電視台。有人說他們像明星或藝人；他們卻多半不認為自己是什麼名嘴或名人，而以能夠發揮影響力，讓社會更進步的專業電視新聞評論員自許。他們評論時事、臧否人物，言辭鋒利。有些觀眾對他們崇敬仰慕，視其為社會正義的代言人；也有人批評他們是名嘴治國、政治與社會紛擾的亂源之一。雖有這些褒貶，但政治人物從不敢輕忽他們的影響力，不論藍綠陣營，都將這些名嘴列為重要的政治公關對象而極力拉攏。

然而，雖然有名，在我們這個社會中，卻很少人真正知道這些常被稱為名嘴的電視新聞評論員，究竟有何專業背景。他們是如何展開電視新聞評論的職業生涯、平時又是如何從事新聞評論工作，他們在工作中的主要成就感為何，又有哪些工作上的困難？還有，他們與談話性節目主持人、節目製作單位人員，以及電視台高層的權力互動關係為何？他們又是如何與黨政高層、觀眾以及同行互動？他們覺得電視新聞評論是一項穩定的工作嗎，對未來的職業生涯又有何規劃？這一連串的問題，他們沒有對外說明過，也沒有人做過較完整的研究或分析。

於是，我們對於所謂的名嘴現象，便無從解釋；對於電視新聞評論制度的改革，也就不知從何說起。這便引發了我對名嘴職業生涯與工作型態進行有系統研究的動機與興趣，並將研究發現出版成書，與所有關心名嘴現象的讀者分享。

不論喜歡或不喜歡名嘴每天在電視上高談闊論，我們必須承認，在電視新聞工作的分工職系中，應該要有一群人扮演電視新聞評論員的專業角色，就大眾傳播的社會功能而言，他們應該可以發揮協調整合意見，引導國家發展方向的正面功能，但前提是，他們必須在健全、穩定的電視新聞評論制度中工作，才能對社會有所貢獻，而要思考電視新聞評論制度的改革方向，就必須先對目前這些電視新聞評論員的職業生涯與工作型態有所了解，才能看到問題的核心，這也是本書的出版目的。

要完成這樣的一項研究，不是件容易的事。感謝行政院國科會支持研究經費，更感謝十四位常被稱為名嘴的電視新聞評論員，與兩位談話性節目製作人員接受我對他們進行的深度訪談，從訪談過程中，我感受到他們和我一樣，對於如何讓名嘴的言論發揮正面的社會功能深有期許。也感謝學生書局為出版本書付出的心力。希望讀者看完本書後，能一齊思考如何讓我們的電視新聞評論制度更加健全，大家集思廣益，對此提出卓見。

胡幼偉

民國百年四月七日

目錄

第1章

名嘴研究的意義

本研究的主要目的，在於深入了解所謂電視「名嘴」的職業生涯及工作型態。近年來，電視名嘴對時政的議論，固然是一部份民眾在日常新聞報導之外，藉以更加了解台灣各種政治、經濟、或社會現象的管道；但不容諱言，「名嘴治國」、「名嘴亂政」、乃至「名嘴辦案」等來自於閱聽人或政治人物的強烈批評，也所在多有。最近的例子是，對於卸任總統陳水扁及家人疑似涉入貪污及洗錢案件，多位電視名嘴在談話性電視節目中大發議論，以致民進黨籍立委在二○○八年十月八日要求國家通訊傳播委員會要管制各家政論節目的「名嘴辦案」現象；而通傳會也在當日立即表示，要考慮在廣電三法修法時，納入相關規範。此外，新台灣雜誌第六三八期中《名嘴歌廳秀，求官踏腳石》一文中也批評說：「藍綠對峙下大量製造的政治名嘴，儼然成為一種熱門的新興行業，也是求官踏腳石。為了賺通告費，他們得配合電視收視群的政治取向，甚至激情演出，刺激收視率，樂當政治變色龍」。(李心怡, 2008, pp.26-28)

的確，如果用Google搜尋關鍵詞「電視名嘴」，負面的批評真是多如牛毛。從傳播研究的角度而言，這至少標示著電視名嘴已是一類廣受台灣社會大眾注意的特殊傳播工作者；而且這類傳播工作者的工作方式與工作內容，已至少被部份閱聽人或政治菁英認為，可能對政治乃至司法體系的決策過程會產生重大影響，或對部份民眾的政治認知產生強化或動員效果。有見於此種名嘴文化的顯著性，傳播學界似應對這種近年來興起的特殊傳播工作型態，進行有系統而深入的研究，讓學界及社會大眾對電視名嘴的理解，脫開想當然爾的判斷或神祕猜測的面紗，代之以對名嘴文化的事實掌握，如此才能進一步談到如何合理規範電視名嘴的工作內容，這是本研究的主要目的。

當然，要研究電視名嘴，首先就要界定何謂電視名嘴。這不是容易的事，但必定是本研究首要之務。在審慎考慮後，本研究決定將電視名嘴界定為，以接電視談話性新聞節目通告為主要生活收入，而未在媒體之外的任何機構擔任領有固定薪俸正職的電視新聞評論員。換言之，像某些現職民意代表、專任教師、專職黨工等一般也可能被稱為名嘴者，都不在研究範圍內。的確，這樣的界定會排除若干名嘴於研究對象中；但之所以如此界定，是為了將研究焦點聚集於專職電視名嘴而非兼職電視名嘴。畢竟，電視名嘴之所以值得研究，是因為電視名嘴已經成為台灣新興的一種專職傳播工作角色。這些專職電視新新聞評論員密集固定地出現於談話性電視新聞節目中，已不再是偶爾參加節目的來賓，他們以接通告上節目領車馬費為生，不在媒體之外有其他正職。這樣的專職電視名嘴，可能已發展出不同於傳統電視新聞工作者的獨特傳播工作型態，但他們到底如何工作，以維持電視名嘴職業生涯於穩定狀態，而這樣的工作型態與談話性電視新聞節目的內容特性究竟如何相互影響，以至於電視名嘴及其出現的談話性電視新聞節目，既是部份閱聽人獲取時事評論不可或缺的管道，又是常遭批評的對象，都還有待實證研究資料揭露事實。此外，部份電視新聞評論員之所以會被稱為名嘴，固然與其論政方式有關，而在談話性電視新聞節目中頻繁到一定程度的曝光率，更是這些電視新聞評論員被稱為名嘴的基本條件。就此而論，將另有正職或不定期曝光的電視新聞節目來賓排除於電視名嘴定義之外，也較能確保電視名嘴在概念與定義上之相符。

基於上述研究目的，本研究提出的研究問題包括：

1.電視名嘴如何進入此一傳播工作領域？電視名嘴對此一工作角色的自我認

知為何？

2.電視名嘴的社會背景與知識背景為何？

3.電視名嘴是否具有特定政治傾向？

4.電視名嘴需要具備的工作技能為何？

5.電視名嘴的日常工作型態為何？

6.電視名嘴與談話性電視新聞節目內容型態之間有何關聯？

7.電視名嘴對其經常參與的談話性電視新聞節目有何建議？

8.電視名嘴如何維持專職名嘴生涯的穩定性？

9.電視名嘴的長期職業生涯規劃為何？是否有藉名嘴工作轉往其他工作領域的規劃？

10.電視名嘴對其個人的社會影響力有何評價？

以上為本研究的主要目的及研究問題。以下將檢閱與本研究有關的研究文獻。

第2章

研究架構的相關文獻

環顧國內外研究資料庫，與電視名嘴職業生涯及工作型態直接相關的實證研究，實在相當有限。陳昀隆於民國九十九年完成的一項有關台灣政論節目名嘴現象的研究（陳昀隆，2010），是一項與本研究比較直接有關的較新文獻。這項針對TVBS 2100全民開講節目所做的研究發現，名嘴的工作方式，與談話性節目的產製流程密切相關，名嘴在談話性節目中的發言策略，往往與談話性節目對收視率的要求互為表裡。此外，部份名嘴複雜的政商關係，往往成為名嘴社會形象低落的原因。

其實，從過去間接相關研究中可以看出來，電視新聞評論員通常只被視為談話性電視新聞節目中的一項組成元素而非研究主體；學者較常關注的，是談話性電視（叩應）節目的整體內容型態、節目來賓身份、來賓與節目主持人的互動模式，或節目的傳播效果。

例如，Livingstone & Lunt（1994）曾指出，美國的談話性節目兼具公共與商業特質，是一種特殊的節目類型。但Laufer（1995）和Matelski（1997）卻認為，美國的政論叩應節目雖在形式上為新聞節目，但由於節目來賓與叩應者多為隨性發言，所以在本質上仍屬於娛樂節目。不過，有學者發現，在選舉期間，談話性叩應節目常討論候選人的主要政見，或分析候選人的競選策略，還是有可能成為選民獲取選舉資訊的管道（Gurevitch & Blumler, 1990; Horowitz, 1993; McLeod, 2000; Shattuc, 1997）。但值得注意的是，誠如Coleman (2001) 所言，談話性節目所呈現的民意，畢竟是經由媒體建構出來的民意「再現」，這與民意的原貌可能已大有差異。此外，布赫迪厄（Pierre Bourdieu）（林志明譯，2002）也強烈質疑電視節目真能讓有識之士善盡社會言責。他指出，電視節目多半有一種隱形的檢查制度。題目預設、發言時間有限制，讓人難以言之有物。久而久之，在電視節目中發言者，也養成了自我檢查的發言習慣，知道如何發言，才符合節目在政治或經濟利益上的規制。於是，對民主政治而言，電視節目只不過是具有維持社會秩序的象徵性意義。

而國內學者在研究台灣談話性節目內容型態後也發現，關於這類節目能否發揮民主政治中公共論壇的理性多元對話功能，恐怕仍有諸多爭議。例如：彭芸（1996）指出，有部份民眾喜歡叩應到談話性節目，表達自己對公共事務的意見；談話性節目也常製造一種媒體與民眾站在一起的氛圍，以提昇民眾的政治效能感。但楊意菁（2004）的相關研究發現，在台灣的談話性節目中，來賓或叩應者的發言，往往是各執己見或只是交互參照，談話內容不但常流於情緒化發言，對議題也缺少深度討論與批判意見而欠缺公共理性，使談話性節目淪為政治公關運作場域。高瑞松（1996）對談話性節目進行內容分析後也指出，在這類節目中，民意有可能被操控或扭曲。李珉愷（2004）的相關研究也指出，台灣的談話性節目以政治議題居多，很少討論民生、社福或其他公共政策議題，無法發揮公共論壇功能。

當然，過去有關談話性節目的研究，也曾觸及該類節目閱聽人特質的分析。例如，**Barker**（1999）的研究就指出，閱聽人接觸談話性節目，往往只是基於娛樂動機，而不一定有預設立場或政黨傾向。但彭芸（2001a; 2001b）的研究卻發現，較常收看談話性節目的觀眾，似乎具有社經地位較高、政治興趣較強、政黨認同也較明顯的特質。盛治仁（2005）的研究也發現，至少在選舉期間，年齡、政治興趣、政黨傾向、和別人談論政治的頻率，都與接觸談話性節目的頻率呈正向關聯。

在談話性節目來賓方面，彭芸（1999）的研究發現，在選舉期間，來賓以候選人居多；而候選人在談話性節目的曝光率，似乎與當選率呈正相關。盛治仁（2005）的研究則指出，談話性節目在選舉期間的來賓，多為立委或記者，討論的議題，也以選舉為主。值得注意，也很有趣的是，就在三年前盛治仁提出對談話性節目的研究發現，以及更早的有關談話性節目的研究中，還是以「節目來賓」，而非「電視名嘴」來指涉在節目中發表意見的新聞評論員。由此可知，在台灣，所謂電視名嘴一詞，確實是一種新興的傳播工作者，其工作型態可能已不同於以往不定期曝光的談話性節目來賓。

談到上電視說話，布赫迪厄（林志明譯，2002）又有一番批評。他倒不是認為上電視說話一定不好；而是應該在適當的條件下進行才有意義。在布赫迪厄看來，在電視上發言，也是知識份子的一種社會責任。問題是：在電視台種種基於政治或經濟利益考慮而設定的限制下，上電視發言往往無法暢所欲言，真正說出自己想講的話。布氏毫不客氣地指出，不管是研究人員、學者、作家乃至新聞記者，如果居然不擔心到底是否能在電視上充份表達意見，那麼，上電視發言的動機，豈不只是為了讓自己增加知名度而已。所以，在布赫迪厄看來，問題不在於要不要上電視；而是上電視能做什麼？

事實上，在電視上發言，不僅能增加知名度；也可能為發言者帶來金錢利益。林富美（2006）的研究發現，當新聞記者成為名嘴後，專業名聲隨之商品化；談話性節目成為「資深新聞工作者勞動行情保固、加分與試探轉換跑道的可能選項」(p. 45)。林富美指出，某些記者成為名嘴後，收入倍增，在規劃生涯時選擇離開原屬新聞機構，轉而成為明星級的名嘴。原用於藝人的中介、包裝與行銷策略也用於部份名嘴身上，模糊了新聞工作者與藝人的界限（p.46）。但林富美的研究並未探索新聞記者成為專職電視名嘴的過程；更未詳細描述電視名嘴的工作方式與型態。

簡言之，在當前台灣媒體生態中，專職電視名嘴已成為一種新興的工作角色。這類傳播者已不同於以往在談話性節目中不定期出現的來賓。他們在電視上發言，或許難免要受到電視節目製作單位在發言議題、發言時間的制約；但他們在電視談話性節目中發言時，可能也有一定程度的自主空間，並被允許表現獨特的發言風格。按理說，電視名嘴如果密集而穩定地出現於特定電視談話性節目中，而節目又能長期穩定地播出，表示電視名嘴、電視台和節目觀眾之間，已形成一種穩定的談話性資訊的生產與消費關係。問題是，在這個已經形成，而且看來還相當穩定存在的電視談話性資訊市場中，長期而穩定扮演談話性資訊生產者角色的電視名嘴，究竟如何進入此一工作領域、他們的日常工作模式為何、又是如何與電視台形成利益共生關係，乃至於如何認知自己的影響力，都還不為外界所知，從相關文獻來看，也尚未成為傳播學者深入探索的研究課題，這是本研究希望能夠補強著力之處。

談到電視名嘴的職業生涯規劃或選擇，本研究關心的是，哪些個人或環境因素，使電視名嘴成為此類專業傳播工作者？這也是對所謂名嘴現象感興趣者好奇而不解的問題。從職業生涯選擇的相關研究文獻中可以得知，在理論層面，一個人選擇從事某種職業，可能會受到多種因素的影響。例如，Holland（1985）就曾指出，一個人會從事某種職業，與其性格類型有密切關聯，而職業的選擇，是性格的展現。Holland（1985）認為，個人性格與職場特性都包括以下六種類型，分別為：務實型（realistic）、探索型（investigative）、藝術型（artistic）、社會型（social）、進取型（enterprising）、以及傳統型（conventional）。務實型性格者喜歡操作機器，探索型的人愛好科研工作，藝術型的人希望從事藝術創作相關職業，社會型者傾向尋找能為人群服務的工作、進取型的人喜愛能發揮支配力、有活力、多變化、能表現個人能力的工作，傳統型的人不愛冒險，比較適合單純穩定的職業。性格與職業型態能夠配合，例如，務實型的人在以操控機械為主的職場工作，個人就會覺得適才適所，能夠發揮所長。照Holland（1985）的描述，電視名嘴也許可以被視為一種進取型的工作，也比較適合進取型性格者從事此一工作。

Holland（1985）的論點其實並非獨樹一幟。在稍早出版的一篇有關「職業渴望」（occupational aspiration）的期刊論文中，Gottfredson（1981）也曾指出，自我概念（self-concept）及職業心象（occupational images）會影響職業偏好（occupational preference）（也就是對個人與工作相容度的認知），以及對工作可接近性(perceptions of job accessibility)的認知，而這又會接著影響對工作選擇範圍(range of acceptable occupational alternatives)的認知。最後，對工作選擇範圍的認知，以及將某一工作頭銜視為一種目標的刺激，會影響對某種職業的渴望程度。換言之，一個人會選擇某種職業，可能與其自認的性格及專長取向、對某種工作的印象與愛好，以及能不能有機會從事該類工作及工作頭銜誘因多大等因素有關。此一分析架構為本研究探尋電視名嘴為何進入此一工作領域，提供了有用的分析線索。

當然，如果要將影響職業選擇的因素看得更完整一點，那就要介紹如McMahon and Watson (2008) 所談到的所謂系統理論架構 (the systems theory framework)。這是一個後設整體理論架構 (a holistic meta-theoretical framework)，它包括個人生涯發展中的內容影響(content influence)及過程影響(process influences)因素。所謂的內容影響因素，包括個人特質及生活環境中的影響因素。用系統理論概念用語來說，個人特質及生活環境中的影響因素，包含個人系統(individual system)、社會系統(social system)，以及環境與社會系統（environmental-societal system）。個人系統是指個人在人口學變項及性格上的特徵。社會系統是指與個人互動的其他個人或組織，例如：家人、教育機構、同儕團體，乃至媒體。個人系統及社會系統又是環境與社會系統的一部份。在環境與社會系統中的其他次級系統的運作，例如政治決策或全球化，看來也許和個人沒有直接關聯，但對個人的生涯發展卻可能造成影響。

至於在系統理論架構中的所謂過程影響，是指前述的個人系統、社會系統及環境與社會系統會出現動態的交互影響。這種交互影響是動態的、非線性的及可逆的、隨時間演進而改變的，以及有時候是偶發的。這些存在於系統間的互相影響，展現在個人生涯發展的過去、現在與未來。換言之，個人、社會、以及環境社會系統之間會彼此互相影響。這種交互影響隨時間演進而有所變化，是動態而非靜態的、非線性的。而且，生涯發展也不是總是可以規劃的，或總是可以預測的，或總是合乎邏輯的。一些偶發事件很可能會對個人的生涯發展產生重大影響。此外，過去、現在與未來的生涯發展是：過去會影響現在；過去和現在又會影響未來。從此一系統理論架構來看，電視名嘴會進入此一工作領域，可能與其個人特質、與其有所互動的其他個人或組織，以及社會的整體環境因素都有關聯。此外，這些傳播工作者在成為電視名嘴之前的職業生涯歷程，也可能是促使其選擇成為電視名嘴的重要影響因素。

除了系統理論架構，研究生涯發展的學者，例如Betz (1993)、Betz and Hackett (、1986)、Lent, Brown, and Hackett (2000)、Lent and Hackett (1987) 等人，也曾經從Bandura (1986) 的社會認知學習理論 (social cognitive learning theory) 衍生出所謂的社會認知生涯理論 (social cognitive career theory)，來解釋自我效能感 (self－efficacy) 對生涯行為的特定影響。社會認知學習理論是一個動態的理論。它指出，人們會隨著環境需要改變時，不停地改變自己的行為。Bandura (1986) 發現，人們若有較好的控制感，對未來有較樂觀的願景，也就是有較高的自我效能感，就較能面對壓力及挑戰。從社會認知學習理論衍生出的社會認知生涯理論，強調個人在追尋某種職業時，生存環境中的因素及面對這些環境因素時的自我效能感，對生涯選擇會產生重要影響。從社會認知生涯理論的觀點來看，我們應該要思考，電視名嘴是否由於認知到個人在新聞工作的生存領域中面臨某些變化，而又因為具有面對這些變化因素時的較高自我效能感，而決定從事電視新聞評論工作。

當然，除了自我效能感，在個人的生涯決策過程中，生涯鼓勵者（career encourager）的行動，角色典範（role models）的激勵，以及個人對生涯障礙（career obstacles）的認知，也可能是影響職業選擇或生涯改變（career change）的主要因素（DeSantis & Quimby, 2004；Gibson, 2004; Nauta, Epperson, & Kahn; 1998; Nauta & Kokaly, 2001; Nauta, Saucier, & Woodard, 2001; Quimby & DeSantis, 2006; Whitmarsh, Brown, Cooper, Hawkins-Rodgers, and Wentworth, 2007）。就此而言，本研究也應該了解，電視名嘴在選擇從事此一傳播工作時，是否部份原因肇始於認知到先前從事的其他工作已出現某種繼續為之的障礙，或是否曾因其他人的鼓勵，而決定加入電視名嘴陣營。

最後，還值得一提的是，近年來，有生涯發展學者強調（Bloch, 2005），傳統的生涯發展理論，和十九與二十世紀的許多自然及社會科學理論一樣，將人類行為聚焦於結構與過程上面，但是，在二十世紀末葉，有學者改以所謂「非線性動態觀點」來解釋人類行為，因為，不依此觀點，有些行為就會被視為隨機發生而無法給予有效解釋。Bloch (2005) 進一步指出，生涯是一個複雜的適應實體 (a complex adaptive entity)，生涯發展是一種非線性的動態過程。Bright and Pryor (2008) 也指出，從混沌理論 (chaos theory) 的觀點來看，個人生涯發展過程中的工作轉換，往往是複雜的、多變化的，並充滿了不確定性。根據Bloch (2005)的說明，複雜適應體具有以下十一項特徵：

1. 複雜適應體有能力維持自己的生命，即使其成份或形貌有所改變，仍能維繫自己的生命。
2. 複雜適應體是開放的。它們經由不斷的流動與能量的內部交換來維持生存。
3. 在這些交換中，適應體是一個網絡中的一部份。
4. 適應體是其他適應體的一部份，而且是不規則的碎片。
5. 適應體是動態的，它們在秩序和混亂中不停地改變形貌、成份及能量。
6. 在階段轉換過程中，適應體尋求適應高峰 (fitness peaks)。

7. 階段轉換是非線性的動態過程。
8. 小的改變可能帶來大的效果。
9. 適應體在轉換階段時，會維持生命，並對限制其行動的外部因素做出因應。
10. 然而，當適應體轉換階段後，它會經由創造新形式來維持生命。
11. 適應體只能在不可分割的、互相聯結的網絡中生存。適應體不可能自身獨立存在。

Bloch (2005) 強調，由於個人的生涯發展過程，是一種不斷適應環境變化的動態及非線性過程，因此，人們常有的經驗是，生涯發展歷程中，不一定是有規律的，或感覺上好像是受偶發事件所影響，或是遇到幸運的發展契機，但這些看似神祕的經驗，其實才是生涯發展的真相。根據Bloch (2005) 有關生涯發展的理論論述，本研究在對電視名嘴進行深度訪談時，應該要去了解，他們之中的某些人當初選擇從事此項工作時，是否為個人生涯發展過程中始料未及的結果；而既然選擇從事此項傳播工作，又如何適應工作環境的變化，以追求個人生涯發展的高峰。

總之，誠如 Patton and McIlveen (2009) 在回顧生涯發展理論的傳統及近期觀點時所指出的，不管是從傳統的性格決定論、系統理論架構、或是從複雜、混沌及非線性動態過程的理論觀點來研究生涯發展歷程，都不能忽略，在個人生涯發展過程中，選擇從事某項工作，或進行工作轉換，都是個人及環境因素交互影響的結果。一個人的性格，可能會促使他（她）去選擇能與其性格相配合的工作，但在性格之外，個人的性別、出身背景、教育程度 (Huffman & Torres, 2001; Kanfer, Wanberg, & Kantrowitz, 2001)、自我效能感、對某種職業的心象、對某種職業易得性或其障礙的評估 (Wanberg, Hough, & Song, 2002)、個人的社會聯結、他人的鼓勵 (Kanfer et al., 2001)、過去的生涯經驗，以及各種環境中的因素，都可能會影響一個人的生涯決策。此外，職業的選擇不一定都是可預期的或可規劃的，而有可能是複雜、非線性的或混沌的過程。總之，從過去的理論與相關實證研究發現來看，生涯發展的過程會受到個人及生存環境中多元因素的影響，並非簡單的規劃二字所能解釋。因此，本研究在剖析電視名嘴進入此一工作領域的職業生涯時，也必須從其個人及環境的多元因素來尋找問題的答案。同時，雖然都在從事電視名嘴工作，但每個人的生涯發展歷程未必完全相同。因此，如何經由深度訪談，找出電視名嘴職業生涯中的相同及相異之處，是本研究的一項重要任務。

當然，除了了解電視名嘴是如何進入此一工作領域外，本研究也將經由深度訪談，詳細勾勒電視名嘴的工作型態，讓社會大眾了解電視名嘴如何完成每日或每周的新聞評論工作。唯有當吾人完整了解電視名嘴的工作型態後，才能進一步討論電視名嘴目前的工作方式，是否或是如何能夠更符合社會大眾對電視名嘴應善盡傳播社會責任的要求與期許。

在以下章節中，筆者將先說明本研究採用的研究方法，再詳細呈現有關電視名嘴職業生涯與工作形態的研究發現，最後再對研究發現的涵義進行總體討論。

第3章

名嘴研究的進行程序

本研究以深度訪談法 (in-depth interview) 蒐集資料。誠如 Jankowski 和 Wester (1991, p.60) 所指出的，深度訪談法常被用於研究媒介組織內的制度與規章，而本研究正是要從制度面著手，完整勾勒專職電視名嘴進入此一新興傳播工作領域的途徑、需要具備的專業知識及技能、日常工作型態、與談話性節目製作團隊的互動模式，名嘴生涯規劃的考慮因素、以及名嘴對自身社會影響力及社會責任的認知。因此，適合運用深度訪談法蒐集資料。在進行訪談時，以半結構化的訪談題綱，對受訪者進行訪問。訪談題綱的內容，將緊扣前述十項研究問題，以確保每一研究問題都能獲得對應資料，並因訪談過程保有一定彈性，而不致遺漏任何由受訪者在訪談過程中所提供，與研究主題有關的重要訊息。基於本研究的主要目的與前述相關文獻的指引，筆者將對每一位接受深度訪談的電視名嘴提出以下訪談題綱：

1. 請說明您在成為電視名嘴前擔任何種工作，又如何從原工作崗位轉而成為電視名嘴？
2. 請說明電視名嘴為何會成為台灣的一種新興傳播工作型態？

3. 在決定成為電視名嘴的職業決策過程中，個人性格及自我效能感產生何種影響？
4. 在決定成為電視名嘴的決策過程中，個人的社會背景，包括性別、家庭背景、教育程度、政黨傾向等因素產生何種影響？
5. 在決定成為電視名嘴的決策過程中，個人的人際互動脈絡產生何種影響？是否曾因他人鼓勵而決定成為電視名嘴？
6. 在決定成為電視名嘴的決策過程中，社會環境因素產生何種影響？
7. 在成為電視名嘴前的職業生涯對決定成為電視名嘴產生何種影響？
8. 個人對於電視名嘴做為台灣一種新興的傳播工作類型，有何職業心像？
9. 綜合而言，影響個人成為電視名嘴的最主要因素為何？
10. 個人認為要勝任電視名嘴工作，需具備哪些條件？
11. 請說明個人從事電視名嘴工作的例行工作方式為何？
12. 請說明個人從事電視名嘴工作時，與談話性節目主持人之間的互動型態為何？

13.請說明個人從事電視名嘴工作時，與談話性節目工作人員的互動型態為何？

14.請說明個人從事電視名嘴工作時，與談話性節目主持人、工作人員，以及電視台經營管理者的權力關係為何？

15.請說明個人從事電視名嘴工作時，最主要的工作成就為何？

16.請說明個人從事電視名嘴工作時，最常遭遇的困難為何？解決困難的方法為何？

17.身為全職專業的電視名嘴，對此一傳播工作的穩定性有何評估？

18.身為全職專業的電視名嘴，是否曾考慮放棄此一工作，轉而從事其他工作？如果放棄電視名嘴工作，主要考慮因素為何？

19.身為全職專業的電視名嘴，個人對自我工作表現上的期許為何？

20.身為全職專業的電視名嘴，對部份社會成員對電視名嘴的批評有何回應？

此外，除了對電視名嘴進行深度訪談，筆者也對談話性節目工作人員進行深訪。以針對電視名嘴的職業生涯及工作型態蒐集更多資料。訪談題綱為：

1. 電視名嘴需具備哪些條件，才能勝任電視名嘴工作？
2. 電視名嘴如何與談話性節目主持人及工作人員互動？
3. 電視名嘴與談話性節目主持人及工作人員的權力關係為何？
4. 電視名嘴與開闢談話性節目電視台的經營管理者如何互動？彼此權力關係為何？

進行訪談時，研究人員會先對受訪者說明研究目的，並依預擬的訪談題綱，請受訪者回答問題。由於是半結構式的訪談。研究人員可以因受訪者對問題的回答內容，適時追問預擬題綱中未包括的問題。

同時要說明的是，本研究之所以採取對名嘴個別深度訪談，而不以名嘴焦點團體訪談方式蒐集資料，除了考慮到研究對象工作繁忙，難以聚集的因素外，藉由較私密的一對一訪談了解名嘴的職業生涯與工作型態，也較能確保質性資料的信度與效度。至於以觀察法了解名嘴的工作方式，除了未必能獲得每一節目製作單位同意的困難外，研究人員的觀察行動對名嘴日常工作方式的影響，也是可能減低資料信度與效度的不利因素。因此，在審慎考慮下，深度訪談還是比較理想的資料蒐集方法。

在研究對象方面，採取立意抽樣。選擇十四位專職電視名嘴及二位談話性節目製作團隊成員為本研究受訪者。為使研究結果盡量完整呈現事實，受訪者包括不同性別、年齡、新聞工作年資、擔任名嘴或參與談話性節目製作年資的名嘴及談話性節目工作人員。在研究過程中納入談話性節目製作單位成員受訪者，一方面是為了更完整地蒐集資料；二方面也可以將這類受訪者提供的訊息與名嘴受訪者對問題的回答相互比對（cross-validate），以提昇訪談結果的效度。為完整了解名嘴文化的全貌，研究人員請受訪者敘述自身經驗外，也將鼓勵受訪者就其他名嘴或談話性節目製作者的工作方式，提供訊息。全部訪談結束後，研究人員在助理協助下，分析訪談現場筆記及訪談紀錄逐字稿，以回答本研究各項研究問題，並就研究發現的涵義深入討論。深度訪談受訪者相關資料見於表一所示。為使所有受訪者能無所顧慮地暢所欲言，每位受訪者皆以代號示之，而不顯現本名。

表一、電視名嘴研究受訪者相關資料一覽表

代號	性別	年齡	資歷
A	男	40~50	雜誌主編15年
B	男	40~50	報社記者10年
C	男	40~50	報社記者16年
D	男	40~50	報社記者10年
E	男	30~40	報社記者11年
F	男	60~70	黨工25年
G	男	50~60	報社記者25年
H	男	50~60	報社記者20年
I	男	50~60	報社記者15年
J	男	60~70	報社、雜誌記者30年
K	女	50~60	報社記者18年
L	女	40~50	報社記者18年
M	女	40~50	報社記者15年
N	女	40~50	雜誌、報社記者16年
O	男	30~40	談話性節目主持人執行製作12年
P	男	30~40	談話性節目主持人執行製作10年

本研究順利完成後，是國內一項針對電視名嘴職業生涯及工作型態的完整研究，也是關於媒體「傳播者」的另一項有系統的探索。如前所述，由於電視名嘴的工作方式，已被相當數量的閱聽人或政治菁英認定為社會不安的重要因素之一，本研究獲致的研究發現，將對於備受關注的名嘴現象，提供事實資訊。研究人員深信，惟有先完整了解電視名嘴的職業生涯及工作方式，才能理解隱藏在電視名嘴飽受質疑或批評的發言取向與發言風格下的結構性因素，也才能據以進一步討論，電視名嘴在談話性節目中應如何表現，才算善盡社會言責的規範性議題。當然，研究人員也希望藉由本研究的深度訪談過程，讓受訪的電視名嘴及談話性節目工作人員，有機會重新檢視名嘴文化中的各項元素，並與研究人員共同思考，名嘴在電視上的發言，以及談話性節目的內容型態，如何才能發揮更多的正向社會功能。

第4章

研究發現

一、成為電視新聞評論員之前的工作領域

經過對十四位一般被稱為電視名嘴的電視新聞評論員，以及二位電視談話性節目工作人員的深度訪談後，本研究獲得可以回答研究問題的一些重要發現。

首先，從職業生涯的角度而言，在接受訪談的十四位電視新聞評論員中，有多達十三位都是先擔任過平面媒體記者後，才走入電視新聞評論員的工作領域。他們在報社或雜誌社擔任記者的資歷，平均約為十年，其中甚至有已擔任平面媒體記者達二十年的人，轉入電視新聞評論工作，開創新聞職業生涯的另一條路徑。

我從民國七十七年進報社後一直在做報社記者，直到民國八十五年才第一次上電視評論時事。（受訪者D）

我在報社做記者十九年後，才開始偶爾上電視談論時事。（受訪者H）

值得注意的是，這些現今活躍於電視上的新聞評論員，在平面媒體工作時，都是擔任記者的工作，在累積了相當的資歷後，也許已退居第二線，擔任編輯部門主管，負起督導採訪或編務的行政工作，但都不曾在平面媒體中扮演專職評論的主筆角色。換言之，他們在平面媒體工作時，主要是負責採訪新聞而非評論時事；一直到轉任電視新聞評論員後，才開始專事新聞評論工作。

另一項重要的研究發現是，所有受訪的電視新聞評論員，在尚未進入電視圈前，都不曾以電視新聞評論員做為自己生涯規劃的一部份。

我做報社記者快三十年後退休，原本打算退休後好好寫幾本書，談我的採訪經歷。做電視新聞評論員，原本根本不是我的生涯規劃。（受訪者J）

在接受深訪的十四位電視新聞評論員中，唯一一位不曾擔任平面媒體記者的受訪者，原本是地方黨務工作人員，因為曾為候選人輔選而上過電視談話性節目，後來又常在報紙上發表時事意見，而成為經常上電視的電視新聞評論員。他也表示，常上電視之前，從來也沒有想過，有一天竟然會被大家稱為電視名嘴。

總之，從十四位接受訪談的電視新聞評論員的談話中可知，他們原本都沒有成為電視新聞評論員的生涯規劃。大多數的電視新聞評論員原本都在平面媒體擔任記者，採訪路線以政治、財經、社會新聞為主。他們多半已在平面媒體工作十年或更久的時間後，才轉入電視新聞圈發展，而成為電視新聞評論員，是他們在平面媒體工作時沒有的生涯規劃，他們在成為電視新聞評論員之前，既沒有電視新聞工作經驗，也不曾接受過如何在電視上表現自己的專業訓練。那麼，他們究竟是如何走入了電視新聞評論的工作領域，而成了今日許多人稱呼的名嘴呢？

二、進入電視新聞評論領域的過程

在談到進入電視新聞評論領域的過程時，所有接受深度訪談的電視新聞評論員都表示，當初在平面媒體工作時，從未想過有朝一日會從事電視新聞評論工作。大致而言，他們是因為兩種原因而開始成為電視談話性節目來賓。其一是由於在平面媒體的工作表現，受到談話性節目主持人或製作單位成員的注意，而開始接受邀請上節目評論時事。一個典型的例子是，民國八十五年TVBS衛星電視頻道製播了「顛覆新聞」的談話性節目，主持人李豔秋邀請了幾位在報社工作的政治、司法及財經路線資深記者上節目，和主持人以輕鬆的方式討論時事。節目每周播出一次後，觀眾反應頗佳，幾位受邀上節目的報社記者，除了繼續原本的報社新聞工作，也就成了每周在電視上出現一次的兼任電視新聞評論員。而這幾位較早嘗試電視新聞評論工作的報社記者，也曾陸續介紹過其他報社記者上顛覆新聞節目，有幾位的表現讓節目製作單位滿意，就成了經常受邀來賓名單中的一員；有些不能適應電視新聞節目的表現方式，就不再上電視評論時事。

民國八十五年李豔秋小姐在TVBS開顛覆新聞節目，我從節目開播就是固定來賓之一。當時還有幾位報社資深記者跟我一樣，常常受邀上這個節目。我們可以說是第一批從平面媒體轉入電視新聞評論圈的新聞人。（受訪者D）

我原來在報社當記者，李豔秋在民國八十五年主持的一個電視談話性節目製作單位找我上節目，想看看我在電視上表現如何，結果當天播出後觀眾反應不

錯。於是，我在晚報截稿後的傍晚，就偶爾開始上電視談話性節目了。（受訪者B）

除了因為在平面媒體擔任記者的工作表現，受到電視談話性節目主持人或製作單位注意，而受邀上節目外，也有電視新聞評論員當初是為了在電視上宣傳自家的平面新聞產品，而開始成為談話性節目來賓。例如，一位受訪者就表示，他原先在一家新聞雜誌社工作，除了負責新聞編採工作，也為每期出刊的雜誌內容，上廣播或電視節目，和節目主持人討論當期出刊雜誌內容的相關話題。另一位電視新聞評論員則是在平面媒體退休後，將自身的採訪經驗寫成專書，交由出版社出書。為了宣傳新書，出版社就安排作者上電視談話性節目介紹書中的新聞故事。雖然以前從沒上電視的經驗，但這位退休的資深平面媒體記者卻能夠在電視上侃侃而談，從此就開始經常接到談話性節目的邀請，以他多年採訪社會新聞的經驗，上電視分析重大社會案件，而終於成了今日知名的電視新聞評論員。

原來在一家新聞雜誌社工作，除了負責編務，因為個性適合，也願意和各界多

> 接觸，為雜誌社做點宣傳工作。一開始就是上廣播或電視談話性節目，和主持人聊聊我們雜誌當期出刊的主要新聞話題，好引起更多人注意。就這樣和好幾個電視談話性節目有了接觸。後來離開雜誌社後，就決定經常接受談話性節目邀請，上電視評論時事。（受訪者A）

> 我退休後原來只想好好寫幾本書，為自己多年採訪社會新聞的經驗留下紀錄。沒想到因為書寫好後，出版社為了宣傳新書要我上電視介紹書裡的新聞故事，就這樣因緣際會地成了電視談話性節目的常客。（受訪者J）

還有一種情形是，電視評論員原來服務的平面媒體集團經營者有意進軍有線電視市場，就讓旗下的資深記者經常上某家衛星電視新聞頻道的談話性節目，好讓這家報社的記者累積在電視上表現的經驗。

> 我原來在一家報社擔任撰述委員，因為報社隸屬的平面媒體集團負責人要進軍電視市場，就要我和這家報社的其他資深記者輪流上電視談話性節目，讓我們

有上電視的經驗。我就是這樣開始接觸談話性節目的。（受訪者C）

後來這個平面媒體集團取得其它的電視頻道經營權，為求發揮集團內新聞產品的宣傳綜效，就讓集團內一家新聞周刊的資深記者，在集團經營的電視頻道中的談話性節目裡當來賓，以討論新聞時事的方式，宣傳當期周刊內容。一位現在也常被稱為名嘴的電視新聞評論員，原來只是因為有資深的社會新聞採訪經驗，偶爾在電視談話性節目中分析重大社會案件案情，後來就因為工作了二十多年的平面媒體集團正式進入電視市場，就開始比較頻繁地上集團所屬電視台的談話性節目，宣傳他所服務的新聞周刊當期主要內容。

我在這家新聞周刊當編務主管，老闆買下電視頻道後，我就在集團內電視台的談話性節目中當來賓，討論周刊當期內容中的新聞故事，主要是為了配合宣傳，就這樣開始比較頻繁地上電視了。（受訪者G）

此外，現在也常被其朋友戲稱為名嘴的一位電視新聞評論員，因為曾任黨工，早年為某位候選人輔選時，應邀代表候選人參加多場電視談話性節目辦的選舉辯論會，就這樣結識了談話性節目主持人。離開黨職後，除了協助國外智庫研究台灣社會現象，也常在報紙上發表時事評論，於是又被邀請繼續擔任談話性節目來賓。因為他的專長本是法律研究，又因曾任地方黨工而熟悉地方政治生態，便成為談話性節目討論司法或政治議題時的常客，而終於成為今日所謂電視名嘴圈中的一員。

我不是記者出身，今天會被認為是名嘴，主要是在輔選時代表候選人常上電視談話性節目。後來又常寫文章登在報上，那些談話性節目主持人發現我能談司法及政治事件，就常邀我上節目了。（受訪者F）

從深訪結果來看，今天被稱為名嘴的這些專職電視新聞評論員，多半曾在平面媒體擔任編採工作。他們之所以會踏入電視新聞評論圈，多半是因為在平面媒體上的表現受到電視談話性節目主持人或製作單位注意，或是原來服務的平面媒體和談話性節目合作，而開始成為談話性節目來賓，由於在節目中的表現受到觀眾及製作單位肯定，便從偶爾上電視，進而成為經常受邀來賓，以至於在離開平面媒體後，成為以接通告做為生活重心及主要收入來源的專職電視新聞評論員。這種職業生涯的轉換，原本並非他們的生涯規劃，但在一些因素的催化下，使他們成為今日人們稱呼的電視名嘴。

三、電視評論成為新興傳播工作型態的因素

時至今日，所謂名嘴幾乎每天在電視談話性節目中評論時事，已成為一種新興的大眾傳播工作型態。究竟是哪些因素促成了名嘴這一行的出現？

深度訪談結果顯示，受訪者一致認為，電視已成為台灣社會最強勢、最主要的大眾傳媒，當然是造成名嘴誕生的一項最基本因素。事實上，許多學術及商業調查也已一再發現，電視是台灣民眾接觸新聞類資訊的最主要來源。相對而言，報紙或雜誌則居於次要地位（請參閱世新大學於二〇一〇年公佈的台灣地區民眾媒體使用行為大調查結果）。網際網路的使用人口雖在近年大幅增加，但仍不如電視對一般民眾的重要性。由於大多數民眾依賴電視節目了解時事，使電視新聞

節目擁有基本而龐大的收視市場。談到電視新聞，無論是無線電視台或是有線電視系統播送的衛星電視新聞頻道，每天主要播出的整點新聞或重點時段新聞節目中，仍以平均每則兩分鐘到兩兩分半鐘的國內或國際新聞為主；新聞評論並非整點或重點時段新聞節目中的主體。而一旦發生重大新聞事件時，民眾或許就需要對事件的背景或其後續影響有更深入的了解，這就形成電視談話性節目的收視市場。同時，對電視台而言，製作談話性節目的成本遠低於製作戲劇或綜藝節目的成本，這也是談話性節目在過去十年內如雨後春筍般不斷出現於各電視台的一項主要原因。當然，談話性節目的延續，還要靠重大新聞事件的發生來支撐，台灣年年不斷舉行的公職人員選舉，以及從白曉燕案到三一九槍擊案，乃至近年來喧騰不已的扁家貪腐案，都成為談話性節目的最佳話題，也為電視評論員頻繁上節目剖析時事，開創了發揮長才的舞台，而終於創造出所謂電視名嘴的新興傳播工作型態。當然，這也要這些被稱為名嘴的電視新聞評論員在節目中的表現，能夠獲得觀眾接受，也就是說，要想成為名嘴，也必須具備一定的條件，這一點筆者稍後還會再深入討論。現在先來看一看在本研究中接受深訪的電視新聞評論員對名嘴這一行為何出現於傳播界的解釋。

據我所知，國外沒有專職的電視名嘴這一行。台灣會出現一批電視名嘴，可能有三個因素：(1)台灣衛星電視頻道快速增加後，節目數量隨之增加。每個頻道都得想辦法填滿節目時段。談話性節目製作成本較低，符合電視台需求。(2)台灣在解嚴後面臨政治轉型，從威權式政治轉型為民主政治，這股政治熱潮產生了談話性節目收視群，談話性節目可以吸引熱衷政治的觀眾。(3)一些經常出現於談話性節目的中的新聞記者可以掌握電視的表現方式，又有專業的新聞素養，可以讓觀眾產生信任感，於是這批新聞記者慢慢就成為專職的電視名嘴。一般而言，除了大學教授工作時間較有彈性外，其他領域的專業人士不可能像專職的電視名嘴一樣，在每天的不同時段都可以上現場或錄影的談話性節目。這就是為什麼談話性節目總是同一批名嘴出現於節目中的原因。(受訪者B)

電視名嘴之所以會成為台灣的一種新興傳播工作型態，主要還是媒體環境使然。談話性節目每集製作成本只有大約新台幣兩萬五千元左右，一小時的綜藝節目製作成本卻可能高達新台幣一百萬元。相對而言，談話性節目的佈景簡單、製作費低，又有一定的收視率，對電視台而言，是有效益的一種節目型態。電視台紛紛開闢談話性節目，自然就培養出專職的電視名嘴了。其次，台灣幾乎年年有選舉，政治或社會話題不斷，這也讓名嘴有發揮空間。(受訪者C)

電視名嘴會成為一種新興的傳播工作型態，我認為主要是因為他們提供的有關新聞事件的幕後資訊有市場。報禁開放後，雖然報紙篇幅增加，但記者在採訪線上獲得的資訊，有許多仍被報社捨棄不用；電視新聞記者因為要負責多個路線的採訪工作，對新聞事件的了解往往不夠深入。於是，當談話性節目發現觀眾對平面媒體記者在節目中提供的新聞內幕有興趣，就創造出一批常上電視談論新聞事件的名嘴了。(受訪者D)

這是供需問題。觀眾有偷窺心態。他們喜歡聽名嘴講報紙或電視新聞中得不到

的消息，特別是新聞人物的側寫。也就是因為談話性節目有收視率，才能造就出一批名嘴。（受訪者E）

電子媒體有雜誌化的傾向，需要對重大新聞事件做深入分析，但電視新聞記者多半採訪經歷較膚淺。於是，電視台就常常邀請我這樣的資深報社記者為觀眾分析重大的社會司法案件。特別是扁案發生後，電視談話性節目對社會司法專長的名嘴需求更大。（受訪者G）

電視新聞太浮光掠影。社會上發生重大司法案件時，需要資深司法社會記者為觀眾分析案情，補強新聞深度。（受訪者J）

電視成為最強勢的媒體。談話性節目製作成本低。電視新聞中沒有評論這一塊，但社會大眾對電視新聞評論有需求。觀眾看電視時，需要獲得評論性質的資訊。（受訪者M）

綜合上述意見，從專職電視新聞評論員的角度來看，電視既已成為台灣社會中的強勢媒體，社會大眾對電視新聞中的評論性資訊又有需求，再加上談話性節目製作成本低，而幾乎年年舉行的選舉，以及近年來不斷發生的重大司法社會事件，都是名嘴這一新興傳播工作型態誕生的客觀因素。值得注意的是，好幾位受訪者指出，由於電視新聞記者多半要同時負責多個路線的新聞採訪工作，不像平面媒體記者多半只專注於單一路線的採訪責任，因此，電視新聞記者對新聞事件的了解，比不上平面媒體記者對新聞的深入掌握。也因此，若要滿足觀眾對新聞事件內幕的需求，出身於平面媒體的資深記者，就比電視新聞記者更適合於擔任談話性節目的來賓。而由於各電視台紛紛開闢談話性節目，就讓一批平面媒體出身的資深記者，由一開始的偶爾上節目，到之後的經常上節目，而最後終於在平面媒體市場日趨縮減、電視市場愈趨強勢後，離開原來工作的平面媒體，轉換職業生涯為專接通告上節目評論時事的電視名嘴。

當然，如前所述，從職業生涯選擇或轉換的理論而言，電視名嘴由平均工作十年以上的平面媒體，轉入電視新聞評論的職業生涯，除了有其客觀因素外，名嘴的個人性格及其社會背景、人際網絡、對電視評論員的職業心像、在進入電視圈前的工作歷史，以及適應電視評論工作的個人條件等主觀因素，也是名嘴之所以能成為名嘴的可能原因。因此，筆者也要針對這一部份進行分析。

四、名嘴誕生的主觀因素

剛才分析了名嘴成為台灣新興傳播工作型態的客觀因素。現在要從深訪資料中探討，是不是也有什麼主觀因素促成此一傳播工作型態的誕生。從相關文獻中可知，一個人會選擇從事某類工作，可能與其性格特徵有關。訪談結果顯示，確有受訪者表示，自我效能感是讓他們雖長期在平面媒體或其他領域工作而從未受過電視專業訓練，但勇於接受新挑戰，轉換職業生涯進入電視新聞評論圈的一項重要因素。

> 我的自我效能感頗強，以前做報社記者時，就不排斥更換採訪路線，願意接受新挑戰。（受訪者L）

我一向很有好奇心，也很有自信，樂於嘗試不同於平面媒體的電視新聞評論工作。（受訪者J）

自我效能感的確是重要因素。從平面媒體轉入電子媒體工作，我有一種自我挑戰的精神，我認為自己可以轉型為電視新聞評論員。（受訪者G）

性格是一項影響因素。我對自己有信心，我相信在電視節目中發表意見，可以對社會帶來改變。（受訪者H）

我有行俠仗義、愛管閒事的性格。我相信自己可以在談話性節目中伸張正義。（受訪者F）

性格上我能放得開。從平面媒體走到電視螢光幕前我的心裡沒有障礙。（受訪者E）

從平面媒體記者轉而成為電視新聞評論員，在性格上當然要有能夠適應不同媒體表現方式的勇氣。（受訪者D）

自我效能感會有影響。對電視名嘴而言，所謂的自我效能感，就是能夠掌握自己在節目中如何表現。（受訪者A）

在談到性格因素時，有兩位受訪者強調，有些平面媒體記者也想轉換職業生涯為電視新聞評論員，但就是因為在性格上放不開，不能適應電視的表現方式，而終於放棄了職業生涯的轉變。

有些平面媒體記者也嘗試轉型為電視名嘴，但因為性格上較保守內向，無法適應電視節目的表現方式，所以又退出了這項工作。（受訪者B）

有些資深平面媒體記者就是放不開，無法在電視上從容表現，那就沒有辦法成為名嘴。（受訪者E）

在性格因素之外，個人的社會背景，例如來自於什麼樣的家庭、在學校受何種專業訓練、省籍、政治傾向、宗教信仰等等，幾乎每一位受訪者都認為，並非影響他們決定成為電視新聞評論員的主要因素。

個人社會背景對我成為電視名嘴並無影響。（受訪者A）

個人社會背景不是主要影響因素。（受訪者E）

個人的社會背景對擔任電視新聞評論工作沒什麼影響。（受訪者C）

雖然絕大多數受訪者不認為個人的社會背景是促使他們從事電視新聞評論工作的主因，但也有一位受訪者表示，他從小的家庭教育就最重視對是非黑白的分辨，因此，他的家人也一直很鼓勵他上談話性節目揭弊。

我母親鼓勵我上節目把新聞事件的是非曲直講清楚。（受訪者I）

還有一位受訪者說，他從小生長在台灣南部的貧困社區中，對社會底層民眾的想法很清楚。他上談話性節目的動機之一，就是要讓觀眾了解基層民眾對重大新聞事件的看法，在分析選情時，他往往會提醒觀眾，中上階層民眾的價值觀常和低階層民眾的想法很不相同。

社會底層人民的心聲往往和中上階層民眾的想法不盡相同，我們在分析社會現象時，要注意這些貧困基層民眾的意見。（受訪者F）

比較有趣的一項發現是，幾位接受訪談的女性電視新聞評論員雖然並不認為性別因素促使她們從事這項工作，但是，她們也意識到，由於談話性節目製作單位經常希望在節目中出現的來賓群中，最好能有女性參與，不要都是男性名嘴發言，這樣可以讓節目更有可看性。因此，身為女性資深新聞工作者，也許會在新聞專業外，因為性別因素而有更多上節目的機會。

女性電視新聞評論員人數少，但節目中需要有女性評論員出現。（受訪者N）

長得不難看的女性來賓是很必要的安排。也許這是我不經營人際關係但常有通告的原因之一。（受訪者L）

另外要再進一步討論的問題是，雖然受訪者多半不認為個人社會背景是促使他們從事電視新聞評論的主因，但在筆者看來，某些名嘴在暢論時事時，似乎對特定政黨批評較多。這就不得不讓人懷疑，有些名嘴上談話性節目，是不是為了宣揚個人的政治立場或理念？針對這項懷疑，受訪者普遍表示，他們既非民意代表也非黨工，原本只是希望能多上不同的談話性節目為觀眾分析或評論時事，以賺取生活費，因此，當然不想在節目中宣揚個人政治理念而減少不同政治立場觀眾對自己的支持。而在二○○四年總統大選之前，多數的談話性節目也不希望來賓的言論呈現一面倒的態勢，也因此，多數名嘴原本是在各個談話性節目中穿梭，而不會固定只上某台的談話性節目。但在二○○四年總統大選前夕發生三一九槍擊案後，台灣政治版圖中的藍綠政黨及其支持者互鬥愈趨激烈，某些談話性節目決定改變經營策略，以抓住特定政治立場觀眾群為目標，並希望名嘴成為談話性節目的所謂固定來賓，配合特定政黨屬性的其他來賓，以較一致的發言立場，穩穩抓住泛藍或泛綠的觀眾收視群。在這種節目選邊站的市場經營策略下，某些名嘴為生計考慮，就只好配合節目設計，在討論政治議題時，往特定立場傾斜。不願配合的名嘴，常常就得承受通告減少的後果。換言之，受訪者強調，某些名嘴配合節目的政治屬性發言是確有其事，但這並不表示他們在踏入電視新聞評論圈時，就是為了上節目宣揚個人的政治理念。

我原本經常參加一個被認為是親綠的談話性節目。扁案發生後，我在節目中批評阿扁，就被觀眾罵得半死。後來這個節目連通告也不發給我了。（受訪者C）

台灣的談話性節目太重視政治立場而不重視專業知識。有些談話性節目我原來也會去上，後來製作單位不希望我批評涉及貪腐的一些政治人物，也就不發通告給我了。（受訪者I）

訪談過程中的另一項重要發現是，電視新聞評論員的社會背景，雖不是使他們決心從事此一工作的關鍵因素；但是，有另一項主觀因素卻十分重要，那就是：希望從新聞記者或主編轉型為新聞評論員。好幾位受訪者表示，他們原先在平面媒體工作時，不管年資多深，都是負責新聞採訪或編輯工作，而不負責撰寫新聞評論。報社或雜誌的評論文章，只由少數幾位專職或外聘的主筆撰稿，不會由記者或主編來寫評論稿，這是平面媒體傳統的分工方式。但是，在某一採訪路線上待久了後，記者就可能對採訪對象的言行產生個人評價或意見，卻不能在這方面於平面媒體上抒發己見。因為，記者的職責是在採訪及報導新聞，而非撰寫評論稿。於是，當機會來臨，可以在電視談話性節目中評論時事或臧否人物時，這些原在平面媒體任職的資深記者，便可以從參加談話性節目的過程中，獲得評論時事的工作成就感。

我在同一路線上跑了那麼久，當然會有自己的意見。但是在報社做記者，還是要寫新聞，寫評論是主筆的事。所以，多年來我常在想，有機會的話，我一定要當新聞評論員。上談話性節目，正好可以滿足我在這方面的工作需求。（受訪

者H）

我做記者十多年，在採訪路線上累積了許多專業知識，也一直覺得自己可以做新聞評論工作。但報社可以養許多記者，卻不可能養一大批主筆。在電視談話性節目中，我可以發揮專業知識，評論相關時事。（受訪者M）

於是，綜合而言，想從記者轉行為新聞評論員，在性格上又願意接受挑戰，相信自己不但能在平面媒體工作，也能適應電視新聞節目的表現方式，便成為原在平面媒體工作的資深新聞人願意轉而成為電視新聞評論員的兩項主要的主觀因素。

五、人際脈絡對成為名嘴的影響

在主客觀因素之外，人際脈絡也可能是讓人走入名嘴圈的因素之一。訪談結果顯示，原在平面媒體或其他領域工作的名嘴，除了因為在原工作領域中的表現受到談話性節目製作單位注意，而開始受邀成為電視新聞評論員外，經由他人引介或鼓勵而開始上談話性節目，也是進入電視新聞評論圈的因素之一。十年前談話性節目如雨後春筍般出現於數個電視頻道後，節目需要的來賓人數頗多，上過節目的平面媒體資深記者，有時候就會主動引介同行，或應熟識的同業之請，介紹其他資深平面媒體記者上節目。

人際脈絡是重要因素。以我而言，如果當初李豔秋沒有找我上節目，我也不會轉型成為電視新聞評論員。而好幾位名嘴也是我們當年從顛覆新聞節目中，一個拉一個地培養成電視新聞評論員的。(受訪者D)

在我進入電視新聞評論工作的過程中，人際網絡是一項重要因素。我離開報社後，就是李豔秋找我去做電視新聞評論員的。(受訪者H)

我從報社退休後寫了一本書交給出版社出版。經由出版社及過去平面媒體長官介紹而獲得上節目的機會。(受訪者J)

我的確是經由其他名嘴的介紹及鼓勵才開始上談話性節目。(受訪者M)

他人的鼓勵對我成為電視新聞評論員有很大影響。一位資深新聞界前輩及一位廣播談話性節目主持人當年都很鼓勵我上電視評論時事。(受訪者A)

經由一位名嘴介紹，我才開始接觸談話性節目。(受訪者E)

我之所以會成為電視新聞評論員。因素之一是許多朋友鼓勵我往這一行發展。其他名嘴也鼓勵我多上節目，並給我許多指導。(受訪者B)

六、職業心像對成為名嘴的影響

根據前面討論過的相關文獻，對電視評論員的職業心像，也是決定從事此項工作的可能因素之一。雖然有些受訪者表示，在成為電視新聞評論員之前，對此項工作並無特別的心像；但也有受訪者指出，自年輕時，就對電視新聞評論員有相當正面的職業心像而心嚮往之，這也讓他們覺得從平面媒體記者轉型為電視新聞評論員，是正確的職業生涯轉換。

我在成為電視新聞評論員之前，看到談話性節目來賓能夠在電視上侃侃而談，讓我十分羨慕。我對這項工作有正面心像。（受訪者B）

我早年對談話性節目來賓的心像是正面的。早期能上電視評論時事的人，都有一定的水準。（受訪者E）

我對國外電視新聞評論員的心像是正面的，也希望自己能成為有良好社會形象、具權威感的電視新聞評論員。（受訪者L）

早期電視談話性節目的來賓中，有好幾位是很資深的新聞工作者。我對他們的心像是正面的。這讓我覺得，我也是資深的新聞工作者，應該可以勝任電視新

聞評論工作。（受訪者G）

我當年對談話性節目來賓的心像是正面的。我認為他們可以很快速地將重要的新聞訊息傳達給許多閱聽人，這正是新聞工作者希望達成的使命。（受訪者D）

擔任電視新聞評論員之前，對談話性節目來賓有正面心像。（受訪者K）

我對早期電視評論員的心像是正面的，他們至少講道理。（受訪者J）

我早年對電視新聞評論員的心像是覺得他們在電視上發言很謹慎。（受訪者F）

我年輕時對電視新聞評論員的心像是正面的，覺得他們有點高不可攀。（受訪者N）

七、先前工作經驗對成為名嘴的影響

在前面引述的文獻中也提到，個人在進入某一職業領域前的工作經驗，也對此人能否順利從事新的工作會有影響。那麼，名嘴在專職電視新聞評論前的工作經驗，對他們成為名嘴究竟有何影響？訪談結果顯示，由於絕大多數的名嘴在專職電視新聞評論前，都在平面媒體負責某一路線新聞採訪工作至少十年以上，因此就對例如政治、司法警政或財經等類事務累積了相當多的專業知識，而這些知識後來也就成為他們在電視上分析相關新聞事件的來龍去脈，或是評論新聞事件中政府官員或民間人士言行時的重要背景資訊。換言之，十年以上平面媒體新聞工作所累積的見聞或心得，對他們日後順利轉型為名嘴頗有助益。同時，在平面媒體採訪路線上所累積的消息來源人脈，也成為這些資深記者在成為電視新聞評論員後，必要時查證新聞相關資訊的重要管道。

我在平面媒體工作時，累積了許多新聞採訪經驗，也蒐集了許多很有價值的新聞相關資料，打好了擔任電視新聞評論員的基本功。(受訪者N)

平面媒體的記者經驗對我擔任電視新聞評論員很有幫助，使我對政治局勢有準確的判斷，看事情不會膚淺。（受訪者J）

擔任電視新聞評論員之前的報社記者生涯，讓我了解政府科層組織的運作型態，也讓我知道許多政治人物的故事。這成為我在電視談話性節目的發言基礎。（受訪者K）

擔任電視新聞評論員之前的報社記者資歷，讓我對台灣政壇的動向有相當完整的認識。由於過去在採訪過程中接觸許多決策者，因此很了解這些政治人物在遇到重大事件時的決策及反應模式，這使我在談話性節目中，可以預測分析新聞事件的走向，讓我很能勝任電視評論工作。此外，過去在採訪過程中所累積的消息來源人脈，讓我在成為電視新聞評論員後，還能針對特定事件向認識的消息來源查證。（受訪者C）

報社記者生涯成為我擔任電視新聞評論員的基礎。在報社歷練的過程中，認識許多政界人士，也累積了許多關於國家重要政策的想法。（受訪者H）

在報社主跑社會司法新聞二十多年，使我對重大案件的前因後果非常了解。這使我成為電視新聞評論員後，能夠以很好的切入點來分析重大社會事件。此外，過去在平面媒體當記者所累積的消息來源人脈，也有助於我成為名嘴後，在必要時能查證新聞事件的內幕。（受訪者G）

在平面媒體近三十年的司法及社會新聞採訪經驗，是我擔任電視新聞評論員的重要資產。（受訪者J）

沒有一定的平面媒體新聞工作經歷，無法勝任電視新聞評論工作。平面媒體的新聞工作經驗使我累積了財經知識基礎，也讓我很容易掌握新聞事件重點，還累積了相當多的消息來源人脈。（受訪者M）

過去二十年在平面媒體從事新聞工作的經驗，給了我相當紮實的新聞專業訓練，讓我有信心及能力從平面媒體轉入電視談話性節目評論時事。（受訪者A）

訪談結果也顯示，即使過去不曾在平面媒體工作，但是，只要先前的工作經驗對從事電視新聞評論工作有幫助，也可能促使原先負責其他事務的人，願意轉入電視新聞評論的職業生涯。例如，在本研究中，一位名嘴曾經擔任多年黨工，也有大型選舉輔選經驗，再加上本身具備司法的學術訓練背景，又多次參與外國機構對台灣進行的社會調查，這些資歷都讓他成為談話性節目製作單位爭取他上節目的重要因素。

由於我過去經常幫國外研究機構分析台灣社會現象，而且我又擔任過黨工有輔選經驗，這對我成為電視新聞評論員很有幫助。因為我可以很快抓到社會現象重點。而過去在工作中所累積的人脈，也可以讓我在必要時向人查證疑問。我覺得，平面媒體資深記者出身的名嘴記憶力強、新聞靈敏度高、觀察力也很強。像我這樣出身於社會底層，經常研究台灣社會現象、又做過黨工的人來擔

任名嘴，則是社會經驗豐富，很能掌握社會情報。(受訪者F)

八、影響名嘴誕生的最重要因素

討論過這麼多促使專職電視新聞評論員，即俗稱的名嘴此一新興傳播工作型態出現的主客觀因素後，如果要找出一項最主要的影響因素，會有什麼答案？從訪談結果可知，想要發揮個人影響力，對重大新聞事件中的是非曲直論斷清楚，是大多數受訪者決定成為專職電視新聞評論員的最主要因素。此外，眼見平面媒體沒落，想要轉入電視圈延續新聞職業生涯以謀生，則是多數受訪者認為，雖然不是最重要，但也是很現實的一項因素。

最主要的因素是想從事新聞評論工作。報社不太可能讓資深記者轉任主筆。擔任電視評論員與我從小的志向相符。(受訪者M)

最重要的是為了延續新聞工作生涯，在談話性節目中將社會及司法案件的真相

告訴民眾。過去在平面媒體工作時，許多事情不能寫，現在在談話性節目中都能暢所欲言。（受訪者J）

我想要成為新聞的詮釋者，發揮正義感及使命感。（受訪者L）

最主要的影響因素是我有求表現的慾望。我希望把自己二十多年來在社會司法路線上的所見所聞告訴觀眾。（受訪者G）

最主要的因素是想表達個人意見。（受訪者H）

最主要的影響因素是我想發揮個人影響力，刺激觀眾思考。在節目中發言不能只是想混口飯吃，必須要有觀點、有深度。（受訪者K）

主要是想把是非黑白講清楚。貪腐是不能被容忍的，貪腐是罪惡的淵藪。（受訪

者J）

把是非曲直弄清楚，讓觀眾對新聞事件的本質更了解。（受訪者E）

實現從小立下的為民喉舌的理想。（受訪者F）

整體而言，我之所以決定成為電視新聞評論員，一來是因為這種工作可以讓我發揮影響力，二來也是需要舞台，必須在離開平面媒體後有收入來維持生活。（受訪者A）

九、成為名嘴的條件

討論過促成名嘴誕生的主客觀因素後，接下來要探討電視新聞評論員必須具備的基本條件，這是本研究的一項重點。這裡要強調的是，即使客觀而言，民眾需要接觸評論性質的電視新聞節目，電視台也基於成本考量，願意開闢談話性節目，再加上平面媒體沒落，不少資深平面新聞媒體工作者也確有意願轉型為電視新聞評論員，並以此為發揮理想、延續個人新聞工作生涯及謀生的新職業；但如果不具備特定條件，要想成為名嘴也難。

從訪談結果中得知，今日被稱為名嘴的這些電視新聞評論員多半認為，要想在電視新聞評論工作上站穩腳步，除了需具備政治、司法或財經等領域的採訪經驗及相關專業知識外，對社會現象保有好奇心，能跟上時代進步潮流，持續進修專業知識，在談話性節目中發言時，能夠言簡意賅，立刻講出重點，發言內容既要有深度，也不能背離事實，還要有在節目中臨機應變的反應能力，並且要有個人風格及觀眾緣，都是稱職的電視新聞評論員必備的條件。若非如此，就難以進入此一職業生涯領域。

要成為專職電視新聞評論員，首先得不排斥這樣的工作型態。同時，要有好奇心及說故事的能力。語言表達能力很重要。此外在現場播出的節目中，要有臨機應變能力，因為，不可能預見主持人或其他來賓所有的發言內容。（受訪者A）

要認真、要有專業知識、要有觀點。其次當然是要有口語表達能力。另外，在節目中的臨場反應能力也很重要。(受訪者F)

要勝任名嘴工作，最好要有新聞工作經驗，其次是要有相當的學識，講出來的話才會有深度，這也是為何有多位名嘴進入研究所讀書的原因。第三則是要能掌握電視節目的特性，而且要能樹立自己的表現風格。要知道，有許多記者不敢上電視講話，在電視節目中不能自在發揮。最後，當然要有相當好的臨場反應能力，這是成為名嘴的一項基本條件。(受訪者B)

口語表達能力很重要，也要將專業知識及在電視上的表演能力相結合。在節目中的臨場反應能力也非常重要，可以說是能否吃這行飯的最關鍵因素。對主持人及其他來賓的談話要有反應，不能說是把自己準備好要講的話講完就好了。(受訪者E)

學習、學習、學習！台灣的電視新聞評論員缺乏學習動機，深度不夠，用功的不多。不能只靠報紙內容做為上節目的基礎，還需要多讀書。電視新聞評論員還需要能夠對重大新聞事件進行調查採訪，否則就只能依賴報紙內容做評論。（受訪者J）

首先是要有觀點，這不容易，要持續自我訓練。我是以知識經濟生產者的自我定位從事電視新聞評論工作。不能只是整理報紙上的資訊，然後把報上的消息照唸一遍。其次是要有口語表達能力，也要有在節目中的臨場反應能力。另外就是要有個人風格。（受訪者K）

要成為名嘴，要有熱情、專業知識、敬業精神。在電視上的外型不能太差，以及要有很好的反應能力。當然，能獲得觀眾的肯定也很重要。節目製作人會比較每位談話性節目來賓的每分鐘收視率。如果收視率太差，製作單位就不會經常發通告給這位來賓了。（受訪者D）

要成為名嘴，當然要有口才，要有說故事的能力。其次，在節目中的臨場反應能力也很重要。第三就是要有專業知識，要有分析新聞事件的能力。（受訪者C）

首要條件是要能掌握新聞事件的事實，在這方面不能出錯。表達能力倒是其次。在節目中的臨場反應能力當然很重要。最後就是要有觀點，要能言之有物，不能只是表演能力好而已。樹立個人風格也很重要。（受訪者H）

口才當然很重要。其次要有在短時間內說出觀點的能力。同時，要能有個人風格。在節目進行過程中的臨場反應能力也很重要，觀眾對此很敏感。另外就是要有條理。（受訪者L）

要有專業知識，不懂的不能亂講。要能適應電視的表現方式，能用最簡單的方式把問題講清楚。要有自己的風格，我已建立談事情很尖銳的風格。在節目中要有很好的臨場反應能力。最後，要有觀眾緣。人長得好看但沒有觀眾緣，也

就是收視率反應不好，也做不成名嘴。（受訪者J）

分析事情時要邏輯清楚。對某個專業領域要有真正的認識。當然要有一定的口才，但這不是最重要的條件。要能在很短的時間內說出重點，就像下新聞標題一樣講重點。要有獨特的風格，像我就已建立財經專業特色。最後，要有臨場反應能力。（受訪者M）

在本研究中接受訪談的兩位談話性節目製作單位人員，也對電視新聞評論員的必備條件提出類似看法。

口條要好，不能一上節目就緊張，而且，講話速度要快。其次和節目的配合度要好，最好是能談的面向較廣。此外，要有準備，不能只講製作單位準備的材料。臨場反應很重要，不能主持人丟話題給你時節目冷掉。至於說沒有觀眾緣，可能是因為太像學者，講得太深，或是欠缺個人風格。（受訪者O）

要有表達能力，口條清楚，能在兩分鐘內講出一個重點。要有蒐集資訊的能力，能從報章雜誌及消息來源處獲得資訊。要有在某些領域的專業知識。品格也很重要，因為名嘴每天批評別人，別人也就會注意名嘴的言行舉止。要有臨場反應能力，有時節目進行到一半有重大突發事件，主持人會臨時轉變話題。此外，要有觀眾緣，在節目中發言時，收視率要好，但這不是名嘴本身能控制的事情。如果有自己的風格，比較能吸引觀眾注意。（受訪者P）

從以上的受訪者發言中可以看出來，所謂成為名嘴的條件，除了個人意願外，事實上和談話性節目的特性有直接關聯。首先，談話性節目在本質上是幾乎天天播出的新聞節目而非電視教學節目，因此，談話性節目需要的是能夠提供重大新聞事件內幕，分析事件來龍去脈，以及評論人與事的來賓。學者也許可以從學術角度，針對新聞事件提供意見；但未必能像資深記者出身的名嘴一樣，對新聞事件的內幕，有長期的觀察及最新的第一手資訊。而且，學者平時忙於教學及研究工作，除非不顧本業，也不太可能有時間天天上電視評論時事。至於民意代表，除非像資深記者一樣，能夠經常掌握有關新聞事件的內幕資訊，否則，也只能在節目中泛論時事，而無法像資深記者轉型的名嘴一樣，為觀眾對重大新聞事件的歷史發展，說出較詳細的背景。同時，民意代表在問政之餘，還要做選民服務，也不一定能有時間天天上節目發言。唯有以接通告為生的專職名嘴，才能幾乎天天上各個談話性節目，針對新聞事件說故事或發表評論，這也是為何看來看去，談話性節目的來賓，都是那幾位名嘴的主要原因。換言之，這種帶狀播出的談話性新聞節目為求每天都能邀請到稱職及足夠的來賓，勢必需要一批在政治、司法、財經等新聞採訪領域已浸淫多年、又有時間每天出現於節目中的一批新聞評論員對觀眾分析或評論時事，由資深記者轉型，專接此類節目通告的專職電視新聞評論員遂應運而生，並因為大量的電視曝光率，而終於成為人們所稱呼的名嘴。

其次，談話性節目多半為現場播出，不允許來賓表現失誤而重錄。再加上商業電視台也重視談話性節目的收視率，因此，要想成為專職電視新聞評論員，只有資深的新聞工作經驗還不夠，能否在節目中口齒清晰、言簡意賅地講出重點、還要有一定的見解及觀點，並且能有臨場反應能力，隨時針對節目主持人及其他來賓的發言現場即時回應，以維持節目進行的熱度及觀眾的收視興趣，便也成為做一位名嘴的必要條件。而這種在電視節目中的口語表達能力，並非每一位學者或民意代表所能及，這也從另一個角度解釋了為何在談話性節目中出現的，都是同一批名嘴的原因。

最後，一項很現實的條件，就是有無所謂觀眾緣的問題。以收視率的高低來論斷談話性節目的品質或來賓的表現，當然是失之偏頗的判斷方式；但在商業電視台現今的企業文化中，收視率的高低，已經成為決定節目延續存在與否的主要參考因素。因此，談話性節目來賓若是不得觀眾喜愛而使節目收視率下降，要想常獲通告而成為所謂名嘴，便也無此可能。但是，這個所謂觀眾緣的條件，卻也可能使電視新聞評論員只想迎合觀眾的需求，而不敢在節目中說出內心真正想講的話，特別是當節目政策已偏向特定政治立場時，更可能使人有此疑慮。

十、名嘴的工作型態

除了探討進入名嘴職業生涯的影響因素及成為名嘴的條件，本研究的另一項重點為了解名嘴的工作型態。經過深度訪談，可以大致勾勒出這些專職的電視新聞評論員平時究竟如何工作。這裡要再次強調的是，本研究的探訪對象，是以接電視談話性節目通告為主要收入來源的專職電視新聞評論員，不包括也經常參加談話性節目，但有其他本職，例如民意代表、學校教師類的談話性節目來賓。

訪談結果顯示，這些專職名嘴每天清晨的首要工作，是閱讀主要報紙的重要新聞內容，以掌握當日的新聞焦點。此外，也可能觀看電視新聞、瀏覽網站內容或翻閱書籍，或甚至向熟識的消息來源查證疑點，以獲取和新聞事件相關的重要資訊。根據工作經驗，名嘴了解，每天的新聞焦點，多半就是當天談話性節目的討論主題，因此，他們必須在每天清晨時，就開始為當天在節目中的發言內容預做準備。雖然此時他們還不確知當天談話性節目的討論主題，但已養成早做準備的工作習慣。

每天早上要讀報及上網，並隨時注意電視新聞插播的重要消息，有時也要看書

增加知識。(受訪者N)

早上要讀報，綜合性及財經報紙都要看，也會在網路上看財經消息及國際新聞。(受訪者L)

每天早上一起來就要看多份報紙並上網，才能立刻掌握當天新聞重點。(受訪者G)

早上先讀報，掌握當天新聞重點。對當天的重要事件心裡要想一遍。如有疑問，會打電話給認識的線上記者或政治人物做查證。(受訪者H)

我每天早上要讀報，掌握當天新聞重點。此外也會上網，因為現在在網路的世界中有很多消息。看到網站中的重要資訊，我會列印下來。(受訪者C)

擔任所謂名嘴的每日例行工作，就是每天一大早要大量讀報，以掌握當天新聞事件重點。此外，還要看雜誌及看書，來準備在節目中的發言內容。可以說除了上節目的時段外，都在為節目中的發言做準備。（受訪者D）

每天早上要讀報。我對節目中的討論主題都會做好功課，寫成書面資料。（受訪者E）

我成為所謂名嘴後，每天早上要大量閱讀報紙、看網路中的消息，也要看早上的電視新聞，並隨時注意突發新聞。（受訪者B）

晨間準備工作完成後，接下來就是等待談話性節目製作單位的電話通告。在本研究中接受訪談的大多數名嘴都表示，他們雖說是以接談話性節目通告為主要收入來源，但每天有沒有通告，能不能上節目領車馬費，卻不是他們所能控制的事情，而完全要看節目製作單位要不要邀請他們上節目。就算是經常上節目的名嘴，或已經成為談話性節目所謂固定來賓，也就是依口頭約定只上某一電視台談話性節目的電視新聞評論員，也未必都能天天接到通告。換言之，要或不要邀請某位名嘴上節目，完全由節目製作單位決定。有時候製作單位認為當天討論的新聞話題，並非某位名嘴的知識專長領域，即使該位名嘴經常來上節目，也可能當天就不發通告給這位名嘴，而且也不會以電話將此項決定告知其本人。只有極少數的名嘴已和某一個或數個談話性節目建立默契，原則上每周哪幾天會邀其上節目，但這種默契也並未形諸合約式的文字中。所以，就有接受訪談的名嘴表示，他們被大家稱為名嘴，看似風光，但其實完全是看談話性節目製作單位的臉色吃飯，每個月能有多少通告費，並非個人所能決定。

我雖然幾乎天天上某個談話性節目，但每天還是要等製作單位通知我，才能確定當天能不能上這個節目。當天沒有我的通告，也不會打電話通知我，所以，我只能每天被動地等待，看當天有沒有節目通告。有時候，沒有通告就是沒有通告，那一天就完全沒有收入。這一行就是如此。(受訪者C)

我現在雖然跟某家電視台有約定，就只上這一台的談話性節目，不去別台上節目，但每天也還是要等通告來了，才知道今天要不要上節目。不是說你想上節目就有節目可上。（受訪者H）

我比較幸運，已經和幾個談話性節目建立默契，每星期固定上這些節目一次，所以，我現在都是這一周就可以預先排定下一周的行程。（受訪者E）

我現在只上某一台的談話性節目，也和製作單位講好，原則上每周上節目幾天、哪幾天休息。不過，偶爾製作單位認為我不適合談某些議題，也就不發通告給我，所以，每天還是要等通告來了，才能真正確定當天要不要上節目。（受訪者M）

既然邀不邀請某一位名嘴參加談話性節目，完全是節目製作單位的權力，名嘴無法干預。那麼，一個必然要進一步了解的問題就是：談話性節目製作單位究竟是如何決定每天邀請哪幾位名嘴上節目？根據在本研究中接受訪談的兩位談話性節目製作單位人員的陳述，在發通告前，節目製作單位人員會先跟節目主持人討論當天談話性節目的主題，每天幾家主要日報中顯現的新聞焦點，當然是決定節目主題的主要參考依據，在節目中可能集中談論單一主題，也可能討論一個以上的題目，這要看當天新聞事件的分佈狀況而定。訂下討論主題後，由製作單位人員根據主題特性，擬出節目來賓的建議名單，例如，假使節目主題是財經議題，就會優先考慮邀請財經記者出身的名嘴上節目；如果是討論某一重大司法案件或是某一重要政治議題，曾經在司法或政治新聞路線上採訪多年的名嘴，會在來賓建議名單中排在前面。擬出來賓建議名單後，再以節目主持人的意見為主，決定發通告對象。節目製作單位人員固然可以對來賓名單提供意見，但最後的決定權，通常掌握在節目主持人手中。畢竟，在節目進行過程中，是由主持人與來賓對話互動，因此，是由主持人決定，在談論某一議題時，最能和哪一位或哪幾位來賓有最適切的互動，以確保節目能有一定的收視率。

在考慮到不同電視台談話性節目的競爭關係時，每個談話性節目製作單位除了希望來賓的新聞專業背景都能配合節目主題外，也希望自己節目中的來賓，不要出現在有競爭關係的其他談話性節目中。由於某些談話性節目是先錄影後播出，節目製作單位就不樂見來賓先參加別台預錄的節目，又在這個預錄節目播出時，出現於同時段本台播出的談話性節目中。在二〇〇四年總統大選前，談話性節目尚未形成今天的所謂固定來賓制度，小心避免同一來賓在同時段出現於不同電視台的兩個談話性節目中，是節目製作單位在發通告時會特別注意的問題。二〇〇四年總統大選後，由於社會上藍綠政黨及其支持者的對立態勢愈趨明顯，某些談話性節目為掌握分眾市場，希望在設計節目主題及邀請來賓的發言方向上，立基於某一論述立場，於是，大多數名嘴遊走於多個談話性節目的狀況，便逐漸演變成某些談話性節目只固定邀請或不再邀請某些名嘴上節目，以至於到現在，某些談話性節目為了不想天天為發誰的通告而傷腦筋，乾脆形成所謂固定來賓制度，也就是在每天播出的談話性節目中，固定由少數幾位名嘴成為節目來賓的基本陣容，再隨節目主題之不同，搭配邀請與主題相關的學者專家或社會人士參加節目。不過，要再次強調，就算是節目製作單位已經認定某些名嘴為節目的所謂固定來賓，也並無義務每天都要發通告給這幾位名嘴。所以，談到節目通告，最重要也最基本的一項認識是，名嘴能否接獲通告上節目，是由節目製作單位，特別是節目主持人決定，而非由名嘴決定。

通常，在接近每天中午時，若干名嘴就會接到談話性節目製作單位人員打來的電話，也就是獲邀上節目的通告。在電話中，節目製作人員會先確認名嘴有時間出席當天的談話性節目，然後就告知當天談話性節目的主題。此時，名嘴如果對主題有某些意見，會跟發通告的製作單位人員在電話中溝通一下，雙方對主題若無其他意見，通告就算成立。有些談話性節目製作單位人員，會在節目播出或錄製前的四到五個小時，再以電話聯絡答應來上節目的名嘴，確認一下當天節目中的討論主題。如果因為出現突發重大新聞事件而更改主題，也會將此狀況告知名嘴。偶爾，製作單位會委婉告知原已邀請的名嘴，因題目性質改變而決定取消原通告，或是名嘴認為，主題變更而與個人專長不合，也會主動退回通告。

值得注意的是，名嘴雖然以接通告為主要收入來源，但對通告也未必是來者不拒。在本研究訪談過程中，有好幾位名嘴表示，術業有專攻，他們接通告時，一定會考慮節目主題與個人專業知識領域的相關性。相關程度愈高，在節目中發言時，愈能發揮專長，談話內容也才可能有觀點有深度；反之，如果節目主題是自己完全不熟悉的專長領域，在發言時極可能會說外行話，而被內行人批評，有損做為電視新聞評論員的權威感。因此，在本研究中接受訪談的名嘴多半表示，雖然他們每天都要有通告才有收入，但也有接通告的原則，那就是，不談自己太外行的主題。此外，也有名嘴在訪談中表示，有時候新聞焦點是名人的八卦緋聞，這種風花雪月的事情，他們也不願多談，因為和自己平時在政治、司法或財經方面的專業評論形象不合。換言之，至少從本研究的訪談結果顯示，並非每一位名嘴都認為自己可以無所不談，他們上節目時，就是想凸顯自己在某類社會問題上有專業背景知識，並能掌握豐富的相關資訊。如果不能達到這個基本的工作目標，他們寧願藏拙，也不願因為在節目中說外行話而傷及個人的專業形象。

> 一些靈異八卦話題的通告我不接。我上節目就是要談我熟悉的政治問題。（受訪者C）

有時遇到不想談的議題，像是太八卦的新聞事件，或是自己不懂的議題，會婉拒通告。(受訪者M)

我拒絕過某些談話性節目製作單位的邀約，因為我不想談太八卦的話題。我也不會去談自己完全不懂的議題。(受訪者A)

我上節目多半是談司法或政治議題，其他事情不是我的專長，我就不談。(受訪者F)

接到通告的時間多半是在每天接近中午時。如果要我談的是我很熟悉的議題最好，要我談我不熟悉的事情，我會推掉通告。(受訪者B)

如果談論的話題讓我完全沒有表現的空間，這種通告我就不接。(受訪者N)

我接通告的原則是，能為我自己加分的節目才去上。除了社會司法問題外，我也上節目談投資理財，因為我有多年在股市投資的經驗。為了增加我在這方面的專業性，我正在準備考股市分析師執照。(受訪者E)

我上節目除了談我最熟悉的軍事問題外，因為過去常常接觸政治人物，所以也常談政治問題。台灣的談話性節目還不夠專業，我應邀上過日本電視台製作的談話性節目，他們只要我談東北亞安全防衛問題。我說要不要我也談一談台灣的政治問題，日本人拒絕了，他們認為我最專長的是軍事問題，政治問題會請政治方面的專家來談。(受訪者I)

決定接受某一談話性節目的通告後，訪談結果顯示，名嘴多半就要開始進行進一步的準備工作。他們可能會去蒐集更多報章雜誌上的相關資訊，也可能上網，或從個人多年來累積的剪報或採訪筆記中找出新聞事件的歷史背景資料。有時候，為了查證心中疑點，或是想對新聞事件內幕掌握更多情報，他們會以電話採訪熟識的消息來源，或甚至到新聞事件現場觀察的方式，充實自己在節目中的發言內容。特別是電話採訪，可以說是名嘴例行的工作項目之一。有人或許認為，這些名嘴不外乎就是每天在談話性節目中，針對新聞事件發表意見，和一般記者的工作方式大不相同。但是，訪談結果卻顯示，平面媒體資深記者出身的名嘴們雖已不在第一線採訪新聞，但是，他們為了能夠掌握新聞事件內幕，仍然要經常以電話向過去熟識的消息來源打聽資訊。換言之，他們雖已不做記者而改任新聞評論員，但還是經常要做新聞採訪工作，才不會跟新聞事件脫節。如果完全不進行採訪，便只能根據報章雜誌刊登的資訊發表意見，而無法以提供更內幕的訊息或更深刻的觀察心得，滿足觀眾對新聞事件有更多了解的需求。

有時候我也會打幾通電話採訪一些消息來源，以便更了解新聞事件的來龍去脈。（受訪者D）

為了掌握更多內幕，我還是會去採訪消息來源。（受訪者N）

因為我是政治記者出身，所以仍會去採訪政治人物。（受訪者L）

接近中午時會接到當天或次一日的通告，偶爾還是要打電話採訪。我要查證新聞事件太容易了。做了二十多年的社會新聞記者，警政高層早已成為老朋友，有什麼事情需要進一步了解，打一通電話問一下就都知道細節了。（受訪者G）

在選舉期間上節目，除了電話採訪，我還喜歡親身觀察選舉動態，這樣上節目發言才能貼近事實。（受訪者I）

中午接到通告後，我會利用下午時間準備晚上在節目中的發言內容，有時候會運用人脈做一些採訪。（受訪者A）

我每天都要花很多時間準備資料，有時候也會親自去採訪。（受訪者H）

接到通告，完成準備工作後，名嘴們就依照約定時間，進入電視台梳妝，並快速瀏覽節目既定的時程表（rundown），在打理服裝儀容時，若遇到節目主持人或其他來賓，通常會閒聊幾句，但不會深入交換意見，等節目開始進行時，才會說出個人準備的資訊或觀點。然後就是觀眾們每天在談話性節目中，看到名嘴和主持人，或名嘴彼此間的意見交流或交鋒。偶爾，在節目進行過程中，國內或國際上出現突發重大新聞事件，主持人此時可能會臨時更動原訂節目行程，轉而談論突發事件，這時候名嘴就得臨場應變，配合節目主題的臨時更換，開始針對新的主題發言。這大致上就是名嘴的例行工作概況。

有趣的是，本研究從訪談結果中發現，身為以接通告為主要收入，每周在電視談話性節目中曝光數次的所謂名嘴，其工作內容除了接通告上節目外，其實還包括一些附帶的工作項目。其中一項就是應付黨政高層對名嘴展開的遊說或公關活動。這也是本研究觸及的一項比較敏感的話題。在訪談進行過程中，有好幾位名嘴坦承，由於他們已成為較有知名度的電視新聞評論員，確實就成為政治人物，特別是執政的黨政高層經常想要遊說或拉攏的對象，目的不外乎希望名嘴在電視上談論到公共政策議題時，能對特定政黨或政治人物做較正面的發言。在本研究中接受訪談的兩位談話性節目製作單位人員也證實確有此事，但名嘴們在面對這種來自政界的拉攏時，有不同的應對方式。有人是完全拒絕，不參加由政治人物邀約的任何活動，以保持自己在評論時事時的獨立性；另一些名嘴則是不完全拒絕與政治人物互動，但表示會謹慎分辨政治人物邀約活動的性質，若只是為了拉攏關係而設立飯局或茶會，就視之為不必要的應酬而婉拒參加；若是為說明某一政策而專為個別或數位名嘴進行的政策說明會，則會考慮參加，以便多了解政策背景及細節。幾位名嘴表示，參加這種政策說明會，是以採訪新聞的態度去聽聽黨政高層對政策的說明，在閉門會談的過程中，會如記者採訪新聞般，對主持政策說明者提出問題，要求完整說明。此外，參加這種會談，也並不表示就會接受黨政高層的遊說，在節目中談到相關議題時，還是會根據自己在多方蒐集資訊後的獨立判斷發言。

不過，根據本研究訪談的兩位節目製作人員表示，黨政高層對名嘴進行的這些公關活動，多多少少還是會有一些效果。例如，名嘴在與政治人物互動的過程中，可以取得由政治人物提供的許多內幕資訊，名嘴在節目中發言時運用這些資訊，也許就可以提高其權威感。此外，在聽過政治人物對政策的解釋後，可能會因為較了解決策者的用心，而增加比較正面的發言，或減少負面的批評。當然，不容諱言，也的確曾有少數名嘴為增加自己的影響力，願意比較積極地配合政治人物設計的公關活動，甚至在節目中公開肯定政治人物的作為。而這樣的行為經其他媒體披露後，當然就引發極為負面的社會觀感。但是，總的說起來，堅拒與政治人物私下接觸，或是甘願成為黨政高層幕府之賓的名嘴，在名嘴群中仍屬少數，大多數名嘴都是以可接觸但不被利用的態度與原則，和政治人物互動。

> 我從未被邀請參加政治人物為名嘴舉行的政策說明會。他們知道我是獨來獨往型的人，找我談也沒用。(受訪者C)

> 我不接受政治人物的拉攏。我在場子裡但不在圈子裡！名嘴如果接受政治人物的公關拉攏，比較能獲得更多內幕消息。名嘴常跟政治人物吃飯，就會和政

治人物形成一個利益共生的圈子。名嘴在批評時事時，難免就有顧忌。藍綠政治人物都想拉攏名嘴，找名嘴吃飯，出錢讓名嘴開節目，甚至出錢請名嘴為候選人站台輔選。我是批判性很強的人，有什麼說什麼，政治人物知道無法拉攏我，也就不會找我在節目中代言。（受訪者K）

政界人士只要跟我已建立互信，成為名嘴後不會妨礙見面。會有政界人士希望我在節目中代言，我會做獨立判斷。政治人物有時會在節目結束後找我做政策說明，但我多半不參加政治人物邀約的飯局。（受訪者H）

政府在宣導ECFA（兩岸經濟合作架構協議）時，找名嘴吃過飯，我有參加，就是去多了解政策背景。我不會因為跟政治人物吃過飯就被收買，我會保持自己的獨立判斷，該批評的還是要批評。（受訪者F）

政治人物如果要請一批名嘴來說明某項政策，這種聚會我會參加；純為拉攏關

係的飯局我不參加。(受訪者B)

我成為名嘴後參加過好幾場飯局，去了解黨政高層對政策的講法。但我不會因為去吃飯而不對政治人物提出尖銳問題。(受訪者E)

我可以接受政治人物對名嘴說明政策，但不會接受被摸頭。是有黨政高層請我在節目中代為發言，我會做獨立判斷。(受訪者G)

黨政高層如果邀約做政策說明，我會去聽聽看他們的說法。但如果是為了危機處理而邀約的聚會，我就會較謹慎地評估參加與否。如果危機事件本身有爭議性，我就不參加飯局。我不會因為跟政治人物吃飯，就幫他們講話。但我知道是有少數名嘴已成為政治人物的入幕之賓。(受訪者L)

黨政高層的確想拉攏名嘴，也經常希望對名嘴做政策說明。我會去參加政策說

明會，但不可能在節目中照黨政高層的意思發言，因為我有多元訊息管道，我不會只根據單方面提供的資訊發言。（受訪者M）

政治人物為名嘴做政策說明我會參加，如果只為拉攏名嘴而設的飯局我不參加。（受訪者N）

我會參加政治人物為名嘴準備的政策說明會，若是帶有收買名嘴目的的餐會我不參加。我知道有政治人物極力拉攏名嘴，不但請吃飯，甚至花錢在電視台買時段讓名嘴開節目，我不會做這種被摸頭的事情。（受訪者D）

政治人物有時候希望我幫他們講講話，我自會斟酌。如果認為他們的意見有道理，偶爾會幫他們說幾句話。（受訪者J）

其實，談話性節目主持人及製作單位人員都知道黨政高層想拉攏名嘴，雖然這是名嘴的個人行為，但有些談話性節目的製作單位並不樂見名嘴因為和政治人物關係太深，而成為政治人物在節目中的傳聲筒，進而引發觀眾對節目的批評。兩位接受訪談的談話性節目製作人員對此表示了以下看法。

名嘴跟黨政高層接觸與否，要看其動機為何，主持人對此會保持注意。（受訪者P）

黨政高層經常想對名嘴做政策說明，骨子裡其實是一種公關作為，就是想拉攏名嘴。有時給名嘴一些特殊資料，讓名嘴在節目中運用。節目主持人會注意這個問題，如果發現名嘴已被政治人物收買，就不再邀其上節目。（受訪者O）

除了應付黨政高層的拉攏，訪談結果顯示，名嘴有時候還要花時間處理和觀眾之間的互動問題。前面說過，名嘴如果沒有觀眾緣，或甚至經常遭受觀眾批評或排斥，談話性節目可能會基於收視率的考量，而減少或甚至不再發通告給這類會影響收視率的新聞評論員。而名嘴也知道，他們如果要維持受觀眾歡迎的程度，不能完全漠視觀眾對他們在節目中發言的回饋；更何況，由於在電視上的曝光率增加，自然會引起觀眾注意，獲得來自觀眾的回饋，便成為很自然的現象。問題是，如果對觀眾的回饋來者不拒、有求必應，勢必得花費許多時間。所以，接受訪談的名嘴多半表示，對觀眾的回饋，只能有限度的回應，否則會佔據太多時間。

> 我沒有粉絲團，因為怕麻煩。有民眾找我陳情，我會推薦適當的政治人物來處理。（受訪者C）

> 的確有很多民眾向我陳情，通常我實在也無法處理。有些陳情我會轉給立委去處理。我不搞粉絲團，我的生活很單純。（受訪者M）

> 我不經營粉絲團，政治狂熱者的來信我不回。會有民眾向我陳情，說實話，我也很難處理。（受訪者L）

我倒是認為應該建立個人部落格做個人行銷，但考慮到這會很花時間而尚未進行。有民眾希望我在節目中代為伸冤，我會視狀況代為發言。這種事要很小心，因為你也不知道陳情內容真正的是非曲直，所以不能光憑一面之詞就輕率處理。（受訪者G）

我不搞什麼粉絲團，觀眾來信一概不回。這是自我保護，讓生活愈單純愈好。（受訪者J）

我不弄粉絲團，那太花時間。（受訪者E）

我沒有粉絲團，也從不接商品代言人廣告。（受訪者B）

我不搞粉絲團。有不少民眾向我陳情，還有人向我下跪陳情。我幫過一兩位陳情民眾的忙，也就是在法律專業知識方面給他們一些建議。我時間有限，不可

能幫每一位陳情民眾的忙。（受訪者F）

我不經營粉絲團。會有觀眾來信，但我不見得會回信。（受訪者K）

成為所謂名嘴後，會有觀眾寄來衣服或土產，但我不搞粉絲團，也不設個人部落格與粉絲互動，這太花時間了。向我陳情的民眾不少，但民眾多半會隱瞞對自己不利的事實，因此，我不大理會民眾的陳情，更何況，我也不能干涉司法案件。（受訪者H）

我成為所謂名嘴後，知名度增加，但我不經營粉絲團。雖然知名度是一種誘惑，但我不想迷失自我。（受訪者A）

我沒興趣搞粉絲團，也不設個人部落格。（受訪者N）

是有民眾向我陳情，如果有具名的，我會回應，給他們一些建議。（受訪者J）

對於民眾的回饋，名嘴基於時間有限，只願有限度地回應。那麼，名嘴和名嘴之間，是否經常交流意見或聯誼，彼此觀摩學習，或是也僅保持有限度地互動，以維持個人的獨立性？訪談結果顯示，名嘴彼此之間雖是同行，但僅有低度交流，畢竟，在接通告的機會上，以及在節目中的表現方式上，彼此有競爭關係。當然，有些名嘴從擔任平面媒體記者時就相互熟識，早已有朋友關係，但彼此都成為名嘴後，即使仍有互動，也只敘朋友之誼，不太交流對新聞事件的觀點。對名嘴而言，觀點或資訊是個人賴以維生的主要資產，自然不會輕易與人分享。此外，在所謂固定來賓制形成，某些談話性節目的政治立場也愈趨明顯後，在立場不同的談話性節目中擔任固定來賓的名嘴，就因為電視台與電視台、節目與節目之間的競爭對立關係愈趨明顯，而幾乎不再互動了。

以前名嘴們常有聯誼活動，甚至有名嘴主張要籌組電視新聞評論員工會，以為名嘴向電視台爭取更多福利。但後來部份名嘴固定上政治立場較明顯的談話性

節目後，參與立場不同節目的名嘴就不再互動了。（受訪者D）

我很少和其他名嘴互動。有一兩次上同一節目的其他名嘴問我對新聞事件的觀點，結果就在節目中搶先說出我的觀點。所以說名嘴彼此之間還是有競爭關係。（受訪者G）

我跟其他名嘴在工作上不太互動。有些同行是老朋友，那就只會以朋友身份聊天。（受訪者L）

同行之間有臨場表現的競爭關係。（受訪者N）

我跟同行不大往來。做新聞評論員，保持個人獨立性很重要。（受訪者H）

我是孤鳥型的名嘴，不和同行來往。（受訪者F）

十一、名嘴和談話性節目製作單位間的權力關係

了解了名嘴的例行工作型態，以及他們和政治人物、觀眾及同行之間的互動方式後，本研究也想探討名嘴和談話性節製作單位之間的權力關係，以進一步了解，他們在這個新興的傳播職業領域中的生存法則。畢竟，電視談話性節目是名嘴的工作表現場域，節目製作單位和名嘴之間，也存在著一種微妙的相互依賴的準聘雇關係。因此，在探討名嘴的職業生涯及工作型態時，一項重要的理解途徑，就是剖析名嘴和談話性節目製作單位之間的權力關係。

前面說過多次，很多人也已經知道，名嘴是以上談話性節目拿通告費為主要收入，而通告之有無，又完全掌控於談話性節目製作單位手中。換言之，就權力關係而言，談話型節目製作單位與名嘴之間，可以說是存在著一種準聘雇的權力關係。之所以說是「準聘雇」，是因為事實上絕大多數名嘴並非任何一家電視台的專職員工，名嘴不領電視台按時發給的固定薪資。即使是只上某一電視台談話性節目的所謂固定來賓，在本研究的訪談中也再三表示，他們只是和電視台有

口頭約定而並未和電視台簽訂正式聘雇和約。所以，對名嘴而言，談話性節目製作單位雖是他們的實質雇主，但因為這個準雇主並不保障他們的固定收入及其他福利，所以，在彼此的權力關係上，始終維持著一種彼此尊重依賴的低度權力關係。這種微妙的權力關係大不同於電視台和其專職員工之間的高度權力關係。此外，也由於在傳統的新聞專業文化中，評論員的角色一向比較受到新聞事業雇主的敬重，因此，談話性節目製作單位對名嘴也向來採取比較尊重的互動方式。在這種互動模式中，因長期合作而建立的默契，以及偶爾對節目主題的溝通，取代了命令與服從的權力互動模式。

首先，讓我們來看看名嘴與談話性節目主持人之間通常如何互動。在本研究中接受訪談的名嘴一致表示，他們和談話性節目主持人之間，向來是相敬如賓、禮尚往來，彼此客客氣氣、互相尊重。雖說節目主持人是邀請他們上節目的掌權者，但是，談話性節目要做得好，不能光靠主持人撐場面，也要來賓都能言之有物才行。所以，主持人和名嘴之間，事實上存在著相互依賴的關係，而不是一種上對下的權力互動關係。訪談結果也顯示，名嘴和談話性節目主持人之間，除了在節目進行中有互動外，平時甚少見面、私交不深。名嘴如果經常上某一談話性節目，時日既久，和主持人自然會比較熟識，而逐漸發展出類似朋友般的關係，但即便如此，雙方在日常生活中也不會密切互動，而是各有各的工作與生活領域。畢竟，名嘴多半喜歡獨來獨往，不受他人影響；主持人也要保有獨立掌控節目主題及來賓名單的權力運作空間，於是，名嘴和主持人之間，便發展出一種互相尊重而不受對方影響的互動默契。

不過，接受訪談的兩位談話性節目製作人卻補充說，主持人雖然對名嘴都很客氣，但在節目進行中，卻必須緊盯名嘴發言，絲毫不能鬆懈。有時名嘴發言時間過長，主持人必須及時打斷，讓其他名嘴也有充份發言機會；偶爾，名嘴的發言內容偏離了節目主題，主持人也要立刻將離題的談話內容拉回來。此外，有時候名嘴與名嘴之間一言不合，氣氛尷尬，主持人也得讓言辭交鋒的兩方稍加冷卻，以免影響節目的正常運作。換言之，主持人雖然在私底下對名嘴相當尊重，但在節目進行過程中，卻通常會牢牢掌控節目運作的主導權，以調配名嘴的發言機會和發言時間，但除非名嘴發言離題或有失理性，主持人多半不會干涉名嘴的發言內容。好幾位接受訪談的名嘴表示，如果主持人太過強勢，想要影響名嘴的發言取向，他們寧可選擇不再參加這種強勢主持人的談話性節目。

節目主持人多半是新聞界的同業或前輩，我們彼此保持禮貌互動、互相尊重。（受訪者B）

我和節目主持人不大來往。（受訪者K）

我和主持人就是保持互相尊重的關係。主持人偶爾會詢問我對某些議題的意見，因為我對那些議題比較熟悉。有些節目上多了後，和主持人的關係就像朋友一樣。（受訪者H）

我因為常上幾個談話性節目，時間久了，和節目主持人也就建立了像是同事或朋友的關係。基本上，我當然尊重主持人對節目的安排，因為我畢竟只是來賓，主持人不邀請，我也就不能上節目了。但有時候我也會和主持人談論節目主題的討論方向，有時候是我主動提意見，有時候是主持人徵詢我的看法。我知道有些名嘴比較敢和主持人抗衡。名嘴受觀眾歡迎，聲音就可能比較大。我和主持人相處得像朋友一樣，他們有時候也會對我生活中的一些事情提供建議。（受訪者A）

如果我同意上節目，就會配合主持人的要求。但有些主持人確實比較強勢。（受訪者N）

跟主持人關係好，會比較有通告。基本上我和主持人的關係就是客客氣氣的。（受訪者C）

固定上某家電視台的談話性節目後，和該台談話性節目主持人的關係都像朋友一樣。主持人不會要求我從特定方向發言。（受訪者M）

我和節目主持人沒有太多互動，我不會刻意巴結主持人以求獲得通告。我較少遇到強勢主持人。有時候主持人會因為我對某個議題較了解而要我多說些話，我會配合。（受訪者L）

我不會刻意迎合節目主持人，和主持人保持客氣地互動。我可以適度配合主持人，以彼此尊重的方式合作。有些色彩較強的主持人會要求名嘴配合發言。（受訪者G）

我跟節目主持人保持賓主關係。主持人對我不會有上對下的從屬關係。我也不會特別討好節目主持人。（受訪者D）

我會觀察節目主持人的風格。有些主持人可以容忍來賓對主持人的挑戰，有些主持人較強勢不能容忍。一般而言，主持人很少引導我的發言方向。（受訪者J）

有些名嘴會討好主持人，我是講我自己想講的話。我曾在某談話性節目中和主持人當場辯論起來，弄到主持人把我的麥克風移開，不讓我發言。（受訪者H）

我和節目主持人合作愉快，私底下就多聊兩句。但如果有主持人要指導我往特定方向發言，我會很不舒服，這個節目就不再去上了。有些主持人想當主導者而不是主持人。（受訪者F）

我不會刻意去經營和節目主持人的關係，否則就失格了。如果有主持人很強勢，想引導我往特定方向發言，我就不去上那個節目了。（受訪者E）

台灣的談話性節目是主持人權力很大，主持人可以決定發誰的通告，日本是節目製作人掌控大權。有些主持人很強勢，不但要評論員選邊站，甚至要求評論員不要上其他的談話性節目。我不會配合這種強勢主持人，寧可回家寫書也不上這種節目。（受訪者I）

主持人和名嘴私底下不太互動。資深主持人會比較強勢，倒不是限制名嘴發言立場，因為發通告時就已知名嘴的立場。既然邀請了，就不會限制名嘴從什麼立場發言。主持人會引導名嘴緊緊扣住討論主題，不讓討論過程偏離主題。（受訪者O）

名嘴跟主持人通常很少私下接觸，主要的接觸都是在節目中見面。是有名嘴邀主持人吃飯，建議主持人邀某人當來賓。（受訪者P）

從以上引述的名嘴及談話性節目製作人員的意見中可知，主持人和名嘴之間，並不存在上對下的權力關係。但是，名嘴能不能上節目發表意見，以及在節目中能否暢所欲言，卻的確會受到主持人的影響。在名嘴的職業生涯和工作場域中，談話性節目主持人和名嘴有相互依賴的關係。主持人只要不是強勢到會干預名嘴的發言立場或發言取向，名嘴多半願意和主持人發展出相互尊重、可以長期合作的朋友關係。

除了節目主持人，名嘴在職業生涯中也必須處理和談話性節目製作單位人員的關係。在台灣，談話性節目的分工體系，多半是由主持人決定節目主題、來賓名單，並負責節目主持工作。其他事務性的工作，包括準備討論主題的背景資料、發通告邀名嘴上節目、印製節目行程表及發通告費，都是由節目製作單位人員執行業務。比較資深的節目製作人員，還可以對來賓名單提供建議，讓主持人從建議名單中圈定發通告對象。因此，名嘴若想工作順利，勢必也要與節目製作單位人員建立合作關係。從訪談結果中可知，台灣各主要談話性節目製作單位人員的年齡多半不到四十歲，在新聞界服務的資歷遠低於大多數名嘴，因此，這些製作單位人員對名嘴多半相當尊敬，如果已有長期合作經驗，彼此之間多半已發展出前輩與後輩，或是兄姊與弟妹之間的友善關係，這對名嘴而言，是職業生涯與工作場域中的一項正面因素。此外，節目製作人員有時也會成為名嘴和節目主持人之間的溝通管道。名嘴對節目選題方向或主持人掌控節目的方式如果有意見，也許不便對主持人明言，此時就可能先和製作人員溝通，請製作人員代為轉達意見。當然，有幾位接受訪談的名嘴也指出，看過一些名嘴比較刻意地經營和製作單位人員的關係，以增加自己獲得通告的機會。

製作單位人員年紀都很輕，他們就像我自己的弟弟妹妹一樣。我和他們也聊得來。（受訪者F）

製作單位人員對來賓邀約有部份權力。不過，他們不會對我在節目中說什麼有意見。（受訪者H）

和製作單位人員的接觸很單純，就是處理跟通告有關的事務性質的事情。（受訪者C）

我跟節目製作單位人員維持很好的關係。我會跟他們討論節目題綱。這些製作人員可能會流動到別台做談話性節目，因為我跟他們保持很好的關係，他們雖轉到別台做節目還是會給我通告。（受訪者G）

製作單位人員都很年輕，和我的關係都不錯。（受訪者M）

製作單位人員和我的關係很單純。他們年紀都很輕，工作也很單純，主要就是通知我上節目的時間，並告知談話主題。（受訪者A）

我不會刻意討好節目製作人員。（受訪者E）

有些名嘴會用送禮的方式巴結節目製作人員，我不會這麼做。（受訪者I）

製作人員會根據議題屬性，向主持人提出來賓建議名單，由主持人做最後決定。名嘴如果對節目有什麼意見，有時也會先跟製作人員溝通，再由製作人員向主持人反映意見。（受訪者P）

發通告前，製作人員會向主持人提來賓建議名單。現在多半是有固定來賓數

人，至於彈性來賓邀誰，以節目效果為主要考慮。（受訪者O）

在節目主持人及節目製作人員之外，電視台高層經營者會不會影響名嘴的職業生涯或工作方式。可能也是有人會關切的另一問題。訪談結果顯示，除了少數例外，名嘴多半表示，電視台高層經營者和他們幾乎沒有任何互動。雖有接受訪談的名嘴表示，聽說過有名嘴刻意經營與電視台高層的關係，但絕大多數名嘴在訪談中指出，他們和電視台高層經營者頂多只是在電視台偶遇，雙方禮貌性地彼此問候一下。但也有接受訪談的名嘴承認，的確有電視台高層請他為候選人站台助講，他將其視為朋友的請託而答應輔選。不過，大致說來，就像一位接受訪談的談話性節目製作人員所說，電視台高層經營者會關注名嘴在談話性節目中的發言內容，但不會干預。

其實，從談話性節目的製作過程來判斷，電視台高層或節目主持人也沒有必要去干預名嘴在節目中的發言內容，因為他們事實上掌握了發或不發通告給某位名嘴的權力。如果電視台高層或節目主持人認定某位名嘴的表現會降低節目收視率，就不會再發通告給這位名嘴。所以，電視台高階主管其實沒有必要和名嘴就其在節目中的發言內容多做溝通。反過來說，從訪談內容中可以得知，名嘴其實也很清楚，他們接通告機會的多寡，關鍵因素並不在於和電視台經營者或節目主持人的私交，而是在於他們在節目中的表現受觀眾歡迎的程度，所以，名嘴也多半不必花時間去經營和電視台高階主管、節目主持人或節目製作人員的私人關係。

我不去經營和電視台高層的關係。我知道有名嘴會刻意討好電視台高階主管。（受訪者E）

我跟電視台高階經營者很少互動，頂多是上節目時遇到寒暄兩句。如果電視台經營者干預我在節目中的發言內容，我就不會去那家電視台上節目了。（受訪者B）

我和電視台高層沒有互動，我不去刻意經營和電視台高層的關係。（受訪者K）

我和電視台經營者之間，只有賓主關係，彼此尊重而沒有上下從屬關係。（受訪者A）

我和電視台高層之間沒有互動。（受訪者M）

和電視台高層沒有互動，他們也並未干涉我的發言內容。（受訪者G）

我不經營和媒體高層的關係。（受訪者N）

我不曾和電視台經營管理者打交道。（受訪者D）

是有某些電視台老闆會請常上該台談話性節目的名嘴為候選人站台輔選，並支付不錯的酬勞。我自己沒有遇到過這種狀況。我跟電視台高層幾乎沒有互動，他們也不會干涉我的發言內容。（受訪者H）

電視台老闆有時會要求我為某些政治人物站台輔選。（受訪者C）

是有一兩次，電視台老闆拜託我去幫人站台輔選。（受訪者J）

名嘴和電視台高層通常很少互動。是有電視台高層向主持人抱怨名嘴的發言內容。基本上電視台高層會關注名嘴的發言內容但不會干預。（受訪者P）

十二、名嘴的工作成就感

探討過名嘴的工作型態後，接下來要了解的，是名嘴的工作成就感。在談到這個問題時，接受訪談的名嘴多半表示，他們自從擔任專職電視新聞評論員後，因為頻繁出現於電視螢光幕中，知名度大增，而被人們稱為名嘴。雖然已經習慣名嘴的稱呼，但也常常告訴別人，「不要叫我名嘴！」對他們而言，知名度的增加，也許可以帶來一些虛榮感；但相對的也增添出一些困擾。例如，在公共場合出現時，往往會被不認識的人打斷個人社交活動，或是經常接到民眾陳情，陷入不知如何處理的困擾，而政治人物想方設法的拉攏或請託代為發言或站台輔選，也會形成一種人情壓力。所以，就像一位接受訪談的名嘴所說，大家都以為當名嘴很風光，天天可以上電視發言，但其實知名度增加了，對生活的實質幫助有限，每天還是要有節目通告，才有實質收入。所以，知名度提高，在大多數名嘴的感受中，並非工作成就感。

名嘴們在訪談中多半表示，由於自己在節目中的發言而改變了公共政策的方向，或是讓社會大眾開始關注某些社會議題，乃至因為在節目中批評政治人物的言行而促成政治風氣的改變，才是他們主要的工作成就感。換言之，對大多數名嘴而言，擔任電視新聞評論員而發揮的社會影響力，才是他們在名嘴職業生涯中的主要工作成就感，這也是他們在節目中發言時的主要工作目標。

主要成就感是可以延續記者生涯，發揮個人影響力。（受訪者J）

最主要的成就感是用事實揭發弊案。（受訪者I）

最大的成就感是覺得自己有影響力。(受訪者F)

主要成就感是能夠發揮個人意見的影響力，促成公共政策轉變。(受訪者H)

成就感來自於提高民眾的政治參與感，讓民眾更了解公共政策的決策過程。(受訪者C)

知名度增加後，個人的影響力也增加了。(受訪者G)

主要成就感是能把事情講清楚，對新聞事件的正面及負面效應正確詮釋，能夠發揮影響力。(受訪者L)

主要成就是能夠影響政策，使政策變得更好。(受訪者M)

擔任電視新聞評論員後的最大成就，是能夠對重大新聞事件發表意見，發揮個人影響力。至於知名度增加，只是虛榮而已，沒有什麼實質意義。（受訪者A）

主要成就是我的意見可以刺激觀眾思考、有影響力。（受訪者K）

知名度增加後是會帶來一些虛榮感。但主要還是影響力大且迅速。（受訪者B）

主要成就感來自觀眾的肯定，讓我覺得自己對社會有影響力。（受訪者E）

十二、名嘴的工作困難

有成就，可能也有困難。雖然有幾位名嘴在接受訪談時，並不認為自己在擔任電視新聞評論員時，曾遭遇什麼困難；但也有幾位名嘴在接受訪談時承認，他們在進入名嘴的職業生涯領域後，確實感到在某些方面遇到困難。例如，知名度增加後，有時反而在蒐集跟新聞事件有關的背景資料時，消息來源怕名嘴在節目中說太多而不願提供較多訊息。也有名嘴指出，在剛從平面媒體轉而擔任電視新聞評論員時，如何適應在電視上的表現方式，是一項需要克服的困難。還有名嘴認為，在談話性節目中，如何能夠在時間有限的狀況下把問題談清楚而又能不失言，是一種有難度的挑戰。此外，有名嘴表示，雖然在某些專業領域已有多年採訪經驗，但如何在每天上節目之餘，把握時間不斷在已熟悉的領域中充實新知識，仍然是一項挑戰。此外，眼見有些名嘴擅長以比較誇張的方式在節目中表現，卻也能獲得觀眾喜愛，乃至於使談話性節目有綜藝化的趨勢，對不以誇張表現方式取勝的名嘴而言，也是一種工作領域中的困境。而某些談話性節目因為政治立場比較鮮明，也使常上這種節目的名嘴認為自己被貼了政治標籤，常被觀眾認定是依政治立場發言而非就事論事，這也被名嘴認為是一種工作中的困難。至於以揭弊為主要發言目標的名嘴則坦承，因為經常在節目中揭弊，而常常必須承受很大的人情壓力。當然，這裡提到的種種困難，是名嘴自認在工作過程中還可以克服的障礙；至於因為對某些專業領域不熟悉而不能暢所欲言，在大多數名嘴看來，不在節目中說外行話而減低個人權威感，應該是一種工作守則，而不能看成是一種工作困境。

成為人們所說的名嘴後，有時要透過採訪蒐集跟新聞事件有關的資料會有困難。人家會害怕你蒐集資料就是要拿到節目裡去講的。另一項困難，是必須不斷自我充實，否則每天說的都是同一套內容，很快就有被掏空的感覺。（受訪者B）

困難是被貼上政治標籤後，就不容易從某些政治人物那裡獲得消息。（受訪者H）

隨著藍綠陣營的對立，談話性節目也在談論政治議題時變得壁壘分明。有些觀眾因此認定我是根據政治立場發言，而不認我在談論事件真相。（受訪者J）

主要困難是，在不斷自我訓練深化觀點的過程中，要忍受孤獨的學習過程。（受訪者K）

以我個人而言，因為是平面媒體記者出身，成為電視新聞評論員後，如何配合電視節目特性，做最好的表現，是工作上最主要的困難。(受訪者A)

主要困難還是覺得受限於談話性節目的進行方式，談問題時無法太深入。(受訪者M)

台灣的談話性節目愈來愈綜藝化，著重觀點呈現而較不喜歡以誇張方式談問題的電視新聞評論員，會覺得在這樣的工作環境中生存有困難。(受訪者L)

主要困難是覺得自己的發言深度還要再提升。我對重大社會案件的來龍去脈可以分析得很清楚，但有關事件涵義的觀點陳述，還要再加強深度。(受訪者G)

最主要的困難是不能在節目中說錯話。有時候對自己在節目中失言很懊惱。(受訪者N)

最常遭遇的困難，是常覺得在節目中的發言時間不夠，不能完整陳述意見。（受訪者D）

節目上多了，知名度增加後，有時候會碰到不理性的陳情民眾。（受訪者F）

揭弊時往往要面對人情壓力。政治人物會透過各種關係，希望你能少講一點。（受訪者I）

十三、名嘴對工作穩定感的評估

談過了成就與困難，名嘴們在訪談中也提到對電視新聞評論工作穩定性的評估。訪談結果顯示，每一位接受訪談的名嘴都認為，所謂名嘴，其實是一種高度不穩定的工作。原因很簡單，他們雖是專職電視新聞評論工作，但並非任何電視台的專屬正式員工，並不領電視台的固定薪水，而完全依照通告的多寡，決定收入有多少。一位接受訪談的名嘴就表示，有人以為名嘴天天上電視，知名度高，收入也多，非常風光；殊不知，他們的工作毫無保障，每天有通告才有收入，哪一天電視台覺得他們已經不受觀眾歡迎，或是因為收視率下降而突然決定關掉談話性節目，他們就會立刻失去工作機會，也無法向電視台尋求任何救濟。所以，在名嘴看來，這一行實在是非常不穩定的工作。另一位名嘴也以親身經歷指出，他原來在某台的談話性節目中是固定來賓，原本以為工作還算穩定，也沒有和這個節目的主持人、製作單位人員或電視台高層發生過任何衝突。沒想到從某一天開始，這個談話性節目就突然不再發通告給他，也沒有任何人向他解釋過為何如此，就這樣莫名其妙地離開了這個以前幾乎天天上的節目，可見名嘴工作有多不穩定。

由於有這種高度的不穩定感，有些名嘴為生計著想，比較願意配合某些談話性節目的發言立場。也有名嘴開始尋找能和電視新聞評論工作相容的其他工作機會。最常見的，就是成為廣播電台的新聞性節目主持人。這些由名嘴主持的廣播節目多半呈帶狀播出，好幾位名嘴於是就在每天的清晨或傍晚擔任廣播節目主持人，再參加下午或晚間播出的電視談話性節目。由於已具有相當的知名度，名嘴主持的廣播節目也能吸引一定數量的聽眾，這對電台經營者和名嘴而言，都是能夠增加實質收益的事情。一位接受訪談的名嘴甚至表示，她現在已逐漸將工作重心放在廣播節目主持工作上，電視談話性節目發多少通告給她都無所謂了。基本上，由於本來就已從事新聞工作多年，所以對名嘴而言，主持廣播新聞性節目，在大方向上而言，不算脫離本行；又由於從平面媒體記者轉型為電視新聞評論員後，名嘴已習慣用口語分析或評論新聞事件，所以，對他們而言，再從電視新聞評論員跨足廣播節目主持工作，仍然是以口語表達的方式從事新聞工作，並無適應困難的問題，反倒是因為少了畫面而只有聲音，讓名嘴覺得少掉一層表現形式的負擔。此外，兼任廣播節目主持人的名嘴也表示，由於在廣播節目中已對當天重要的新聞事件和學者專家或消息來源有所討論，這對他們下午或晚上在電視談話性節目中的發言深度，也多少有些幫助。同時，廣播新聞節目為求更生活化多樣化，使名嘴在擔任廣播節目主持人時，可以接觸到自己原本較不熟悉的新聞專業領域，經由在廣播節目中訪問相關學者專家，而拓展了自己的知識範圍。所以，對名嘴而言，面對高度不穩定的電視新聞評論工作，能夠再成為兼職的廣播新聞性節目主持人，是一種樂於接受的利多選擇。

成為名嘴後又能兼職做廣播節目主持人固然是利多，但也不是每一位名嘴都有此增加個人收入的機會。於是，有些名嘴在訪談中表示，他們準備要寫書談自己的新聞工作經歷，也許可以藉著出書增加收入。也有名嘴在上節目之餘，投資股市或房地產，以減低只靠接通告生活的風險。此外，還有幾位名嘴開始接受對岸談話性節目邀約，希望將自己的能見度拓展到中國大陸的電視收視市場中。不過，對於參加大陸談話性節目，名嘴的感受不一。有人覺得是好事，可以讓大陸觀眾知道台灣民眾對兩岸事務的想法；也有名嘴持負面觀感，覺得上大陸的談話性節目限制太多，不能暢所欲言，如果要配合節目中對某些用語或觀點的限制，無異於自我矮化失格。

總之，在本研究中接受訪談的名嘴一致認為，名嘴的工作其實非常不穩定，若配偶有穩定的工作及收入，自己因為名嘴工作不穩定而產生的危機感稍輕；否則，要是只靠接通告為生，常常會有很深的不安全感。其實，這也又解釋了為何談話性節目總是同一批名嘴不停地在露臉。因為，除非是碰到自己太外行而無法表現的節目主題，名嘴多半不會輕易放棄上節目的機會。對他們而言，放棄通告就是放棄收入，這對工作機會不穩定的名嘴而言，是不利之舉。此外，本研究也發現，正由於深感工作機會不穩定，極少數頗受觀眾歡迎的名嘴，會向節目製作單位要求提高通告費，以便還能擔任名嘴時，多增加個人收入。在本研究中接受訪談的一位談話性節目製作人員表示，是有名嘴在察覺自己很受觀眾歡迎後，要求節目製作單位給予高於一般標準的通告費。製作單位在衡量名嘴的市場價值後，有可能同意名嘴的要求，至於要提高到什麼程度，要視節目預算而定，不可能予取予求。若名嘴姿態太高、要求太過，製作單位只好另請高明。畢竟，在名嘴圈中，能言善道而又能言之有物者，並非如鳳毛麟角般難尋。

這的確是不穩定的工作。有些名嘴因為生活經濟壓力，願意在發言立場上配合節目主持人。（受訪者I）

這個工作不穩定，其實不該把它當成正職。（受訪者F）

是不太穩定。政論節目的收視率愈來愈低，由於藍綠陣營對立激烈，某些談話性節目的政治立場愈來愈鮮明，觀眾不看節目也知道名嘴會說什麼，就失去了看節目的興趣。（受訪者H）

專職電視名嘴是穩定性很低的工作。經常上節目，過去掌握的新聞事件背景資訊很快就會被掏空。名嘴如果說來說去都是同一套，失去觀眾的支持，就無法再擔任這項工作。（受訪者D）

這是一種高度不穩定的工作。談話性節目本身的穩定性也不高，有些談話性節目播出一段很短的時間後就收掉了。（受訪者C）

這不是很穩定的工作，所以我也有做一點房地產投資。（受訪者N）

這是非常不穩定的工作，是沒有安全感的工作。所幸我有其他投資事業，所以

還能夠以平常心看待通告的有或無。（受訪者G）

這個工作非常不穩定。我現在已逐漸將工作重心放在主持廣播節目上。（受訪者L）

這當然是不穩定的工作。但還好我的財經專業背景使我的可替代性較低。（受訪者M）

名嘴工作的不穩定性確實是個問題。我經歷過被某一談話性節目長達一年的冷凍，讓自己及家人有強烈的不安全感。（受訪者A）

名嘴的工作當然不穩定，要隨時做好沒有通告的準備。（受訪者E）

名嘴的工作完全沒有穩定性。（受訪者B）

名嘴會主持廣播節目或寫專欄，是為增加收入。很少名嘴把電視新聞評論當做是唯一的工作。（受訪者P）

十四、名嘴對未來職業生涯的規劃

既然名嘴的工作是如此不穩定，那麼，這些專職名嘴除了尋找以其他兼職增加收入的機會外，是否也曾想過離開這個工作領域，再轉進下一個職業生涯領域呢？訪談結果顯示，有幾位名嘴的確曾思考過這個問題，也已有初步規劃，例如，專心做投資理財、專事寫作出書、或是改行從商或從政，但也有幾位接受訪談的名嘴表示，他們就算想過這個問題，也很無奈地難以想像有一天不做名嘴後，還能有什麼新的職業生涯規劃。畢竟，大多數名嘴在成為電視新聞評論員之前，已經在平面媒體從事新聞工作十多年或更久的時間，眼見平面媒體經營環境日趨困難，名嘴要再回平面媒體工作，已不大可能。若是要留在電視新聞圈，進入某家電視台專任新聞部門主管，名嘴自認年歲已長，又不願再扛起帶領新聞部同仁衝鋒陷陣的重責大任，因為，替自己在節目中的表現負收視率高低之責，和為整個電視台新聞部收視率負責的壓力，自然是後者遠大於前者。所以，進入電視台新聞部負管理行政之責，並非多數名嘴的下一個生涯規劃目標。於是，有幾位接受訪談的名嘴就表示，他們對未來的職業生涯規劃，其實也沒有什麼明確的想法，只好在現狀下過一天算一天，還有通告就去上節目，以後的事情現在就不多想了。

我抱著隨緣的態度，有沒有通告都無所謂，未來的事就一切隨緣吧！（受訪者G）

我沒有考慮過離開名嘴工作後要做什麼。（受訪者K）

我沒想過下一個職業生涯的問題。（受訪者M）

曾經因為名嘴工作的高度不穩定性而想要離開，但一時也沒有更好的下一步職業生涯規劃。（受訪者C）

我曾經因為情緒因素考慮過放棄名嘴工作。名嘴也有收視率的壓力，這種壓力會讓人長期情緒緊繃。（受訪者D）

不做名嘴，就去寫書。我來自社會底層，我想寫基層民眾的生活哲學。（受訪者F）

曾想過如果不做名嘴，就以寫作為生。寫雜文或小說。我從過去的採訪經驗中看到許多故事，將來要把這些故事寫出來。有政黨找我參選，我沒同意。（受訪者H）

不做名嘴的話，我會寫書。我對歷史研究有興趣，我會針對我感興趣的歷史故事蒐集資料，寫書出版。（受訪者I）

是有閃過離開名嘴工作的念頭，如果有一天不做名嘴，我可能會去做藝術經紀人或藝文活動的規劃工作。我不喜歡政治，不會去參選。有政治人物找我去做

發言人，我婉拒了。（受訪者L）

我的確考慮過離開名嘴工作。做名嘴，雖然有虛榮感，但不穩定性太高。我曾考慮改行從商。有政黨找我參選公職的話，我會接受徵召。我可以運用自己多年來累積的人脈，我又有知名度，我不必放棄這些無形的資產。（受訪者B）

我的確因為名嘴工作的不穩定感而想放棄這樣的工作。但基於生活現實需要，目前也不能不接通告。如果不再做名嘴，我希望能趕搭傳播科技快速發展的潮流，開創新媒體事業。（受訪者A）

如果不做名嘴，我可能會改行當證券投資分析師。（受訪者E）

如果有一天不做名嘴了，就去做房地產投資，也打算再寫幾本書。（受訪者N）

十五、名嘴對自己的期許

訪談接近尾聲時，名嘴們應筆者之請，說出對自己身為名嘴的期望。從對這個問題的回答中，可以一窺名嘴們對目前這個職業生涯領域的總體工作目標。整體而言，大多數名嘴還是希望自己能夠成為有影響力的意見領袖。他們不喜歡別人只因為他們的知名度而賦予名嘴的稱呼；而是希望社會大眾能夠肯定他們在意見市場中的影響力。

主要的自我期許就是把新聞事件的是非曲直講清楚。（受訪者E）

在做名嘴時，對自己的期許是成為社會中的意見領袖。像啄木鳥一樣，講出不平之事。（受訪者B）

自我期許是對新聞事件做正確的詮釋。（受訪者L）

我期許自己做個用功認真的新聞評論員。（受訪者J）

我希望我在節目中的發言，能夠促使國家社會更進步。（受訪者H）

自我期許是讓大家知道重大政策的核心問題所在。（受訪者F）

名嘴也是在從事新聞工作。我不希望大家把我看成是名人。希望觀眾能注意我的發言內容而不是注意我這個人。我的自我期許，就是能夠發揮新聞專業，為觀眾快速地分析重大新聞事件。（受訪者D）

自我期許是由於我的發言，使公共政策變得更好。（受訪者M）

自我期許是成為有影響力的知識經濟生產者。我不自認為是名嘴，上電視發言只是知識經濟產出的一種方式而已。（受訪者K）

我希望我的發言內容能讓內行人肯定，能反映民眾心聲。（受訪者G）

十六、名嘴對外界批評的回應

本研究提出的最後一個問題，是名嘴在面對來自外界的批評時，有何回應？這可能也是許多人想要了解的問題。從名嘴的回答中，可以看出他們天天在電視上批評別人之餘，是否也有自省能力。唯有經過相當程度的自我反省，電視新聞評論員這一新興的傳播專業領域，才能既維持一定的專業水準，也經由不斷的進步，發揮正面的社會功能。在本研究中接受訪談的兩位談話性節目製作人員也表示，名嘴的自我反省很重要，因為他們掌握了言論市場，有時候會對政策或民意產生很大的影響。讓我們先來看一下名嘴對外界的批評如何回應。

我同意外界對名嘴的批評。有些名嘴就是喜歡打高空，講話不負責任，或把名嘴當成是一種表演事業。問題是竟然也有一部份觀眾喜歡這樣的名嘴。（受訪者G）

外界對名嘴的批評有道理。名嘴事實上已成為政治體系運作的一環。（受訪者K）

名嘴不能什麼都談，還是應該談自己懂的事情。（受訪者M）

名嘴要能抗拒因知名度而來的誘惑。名嘴不能因為知名度大了，就開始幫別人喬事情。（受訪者C）

名嘴應該要了解自己的角色定位，只是新聞工作者而不是高人一等的社會事件仲裁者。名嘴不可能什麼都懂，所以不應該什麼都談。名嘴更不該藉著自己的知名度去幫別人喬事情。名嘴必須要敬業才能獲得大家尊重。（受訪者D）

有些名嘴不夠用功，專業知識不足，對問題的分析不夠深入。（受訪者J）

有些民眾其實高估了名嘴。不過，從外界對名嘴的批評中可以看出民眾對名嘴

的要求是很嚴格的。（受訪者F）

說名嘴治國是太沉重了。有時候是政治人物或觀眾故意為名嘴貼上政治標籤。不過，名嘴還是要講求新聞專業性，不能被收買或被摸頭，更不能因為知名度大了就去幫別人喬事情。（受訪者H）

台灣現在的談話性節目不是愈趨綜藝化，就是太重視政治立場而不重視專業。日本的電視新聞評論制度比台灣好太多。日本非常重視專業，他們絕不會要評論員談論其專業知識範圍以外的事情，而且在節目中呈現出來的資料都經過仔細查證，這是我們該學習之處。（受訪者J）

我最深的感覺是無奈。電視台經營者應該要了解新聞節目該怎麼做。談話性節目不能愈來愈綜藝化。（受訪者L）

我坦然接受社會大眾對名嘴的批評。名嘴也確有該被批評之處。像是不懂的事情也在節目中發言。名嘴仍是新聞工作者，不應認為自己是通天人物，更不可以去喬事情。名嘴應該回歸新聞專業領域來表現。（受訪者B）

名嘴最大的問題，是往往還沒有對議題深思熟慮就發言。對此我常有罪惡感。此外，名嘴往往配合電視台的立場或節目市場分眾化的需求在節目中鼓動民粹，其實已成為社會公害。（受訪者A）

名嘴當然要注意自己的品格操守。在節目中發言不該失去公正立場。（受訪者E）

從以上引述的意見中可以發現，名嘴們對外界經常提出的幾種批評其實知之甚詳。他們同意，名嘴並非全知全能，不懂的事情不該隨便發言，是名嘴首先要反省檢討的問題。前面說過，名嘴多半出身於平面媒體中採訪某類新聞的資深記者，他們或許對採訪多年的某類社會現象具備相當的專業知識，但對於其他社會問題卻仍是外行。外行人要硬充內行，就可能會誤導觀眾。

其次，名嘴們也意識到，某些談話性節目的政治立場愈趨鮮明，使這些節目的公正客觀性飽受批評。對於這類談話性節目，名嘴能否堅持新聞專業，不做政治體系的傳聲筒，是部份名嘴必須嚴肅反省的問題。從訪談內容中可以得知，名嘴其實很清楚，一旦自己被貼上政治標籤，就不再具備公正的社會形象，而會淪為政黨或政治人物在談話性節目中的代言人。當然，這個問題的成因，不僅僅是名嘴為謀生計而犧牲了客觀中立的新聞專業理念；電視台為搶奪藍綠對立氛圍下的分眾市場，讓談話性節目以取悅特定政治立場偏向的觀眾為節目生存法則，再以通告費誘使部份名嘴配合節目立場發言，是台灣談話性節目存在已久的結構性問題。這個問題一日無解，再加上名嘴工作本身具有的高度不穩定性，就必然會有部份名嘴在現實生計的考量下低頭，甘願配合節目立場發言。

此外，部份名嘴看出商業電視台重視節目收視率的經營理念，也或許為了增加個人在節目中發言的收視率，喜歡以誇張的言詞或表現方式出現於談話性節目中。同時，某些談話性節目喜歡以名人八卦做為討論主題，使節目趨向綜藝化，也被其他名嘴視為需要檢討的現象。以評論為主體的談話性節目在本質上不同於綜藝節目，如果談話性節目不能發揮使國家社會進步的正面功能，而淪為一批名嘴插科打諢、搬弄是非的場所，當然會使想要認真討論時事、提出觀點的名嘴感嘆無用武之地。

更嚴重的是，誠如部份名嘴在自我檢討時所說的，名嘴如果因為知名度增加，而開始涉入政治人物的紛爭之中，或以名嘴身份為候選人助選，勢難避免所謂名嘴治國或名嘴亂政的批評。名嘴一旦捲入政治或甚至司法紛爭中，在節目中的發言很難不被聯想是刻意維護或打擊某方勢力，這對名嘴這一行的整體社會形象當然有害。

綜合而言，訪談結果顯示，名嘴們尚未失去自我反省的能力，也對名嘴的工作倫理知之甚詳。但是，研究結果也發現，在目前台灣的大眾傳播環境中，名嘴若只以接通告為生，而無穩定的生活資助，電視台在製作談話性節目時又不能堅守公正客觀、嚴謹論述時事的原則，部份名嘴為謀生計而配合談話性節目往下沉淪，恐怕是難以消弭的現象。

第5章

結語

本研究從職業生涯的觀察角度切入，探索在台灣專職電視新聞評論工作的所謂名嘴，究竟是因為哪些因素的影響而進入此一工作領域中，同時也想一併了解，要從事這項新興而獨特的新聞傳播工作，需要具備哪些條件，以及名嘴的工作型態、名嘴與談話性節目主持人、製作單位人員及電視台經營者之間的權力互動關係。其他相關問題包括：了解名嘴在工作中的主要成就與困難、名嘴對此項工作的自我期許，以及他們對外界批評的回應。

經過對十四位專職名嘴及兩位談話性節目製作人員的深度訪談後，本研究發現，目前以接通告為主要收入的專職名嘴，多半在進入此一職業生涯領域前，任職於平面媒體，負責某類新聞採訪工作，並大半已累積了至少十年的新聞採訪經驗。他們在平面媒體工作時，多半並無轉入電視圈擔任新聞評論員的生涯規劃。然而，在有線廣播電視法及衛星廣播電視法相繼立法完成後，台灣的衛星電視頻道陸續出現於全台各有線電視系統中，逐漸成為台灣民眾最主要的大眾傳播訊息來源。其中快速增加的衛星電視新聞頻道，也逐漸取代了報紙，成為多數民眾主要的新聞類資訊來源。報紙則是由於印報成本不斷增加、讀者人數持續下降、廣告收益不增反減等因素衝擊而日趨沒落。平面媒體資深記者轉往衛星電視新聞台工作者比比皆是。

而在民國八十五年左右，相繼成立的衛星電視新聞台基於節目製作成本較低、又可以滿足觀眾對電視新聞評論資訊需求的考量，紛紛推出電視談話性節目。在獲得觀眾初步好評後，如雨後春筍般出現的談話性節目因為需要較多人次的來賓在節目中分析或評論重大新聞事件，便開始邀約相對於電視新聞記者而言，更了解新聞事件背景及內幕的平面媒體資深記者參加談話性節目。於是，眼見平面媒體日漸沒落而電視已成為主流新聞媒體的若干位資深平面媒體記者，便在此一大眾傳播生態轉變的過程中，因為在電視談話性節目中的表現受到觀眾歡迎，而獲得開創另一職業生涯的機會，之後便從偶爾上節目轉為離開平面媒體，專以接談話性節目通告為生，在頻繁地出現於談話性節目後，因知名度大增而成為今日人們稱呼的所謂名嘴。

綜合名嘴們在訪談中所言，平面媒體沒落而電視成為強勢媒體，談話性節目製作成本較低且滿足觀眾對新聞事件內幕或評論性資訊的需求，以及台灣社會幾乎年年選舉或接連發生重大治安或貪瀆事件，可以說是促成談話性節目興旺、名嘴應運而生的三項主要客觀因素。至於由平面媒體資深記者轉任電視新聞評論員的名嘴，當初或因在平面媒體的表現被電視台相中，或因新聞同業的推薦或介紹而嘗試參加電視談話性節目，又具備若干主觀條件，包括：在多年新聞採訪經驗中已累積對某類社會問題的深入了解、希望從記者轉任新聞評論員以發揮個人影響力、擁有接受新工作挑戰的積極性格，以及能夠以便給的口才及敏捷的臨場反應，在談話性節目中與主持人及其他來賓談論時事，在節目中的表現能受觀眾肯定，便終於在個人主觀意願與條件及客觀因素的配合下，決定離開平面媒體，進入電視名嘴的職業生涯領域。換言之，用比較通俗的話來說，名嘴的誕生，可以說是時勢造英雄的結果。至於性別、年齡、政治傾向等個人社會背景，則並非影響名嘴進入此一職業領域的關鍵因素。不過，值得一提的是，這些名嘴在成為電視新聞評論員之前，對此一傳播工作角色多半有正面心像。同時，在擔任平面媒體記者時，多半已對成為新聞評論員心嚮往之。由於平面媒體缺乏讓資深記者轉任評論員的制度設計，這些早想從事新聞評論工作的資深記者，便樂於在機會來臨時，轉往電視談話性節目評論時事。對名嘴而言，從平面媒體轉往電視圈發展，原不在他們的職業生涯規劃範圍內，但從記者轉任評論員，卻是名嘴樂於接受的工作角色轉換。

平面媒體資深記者出身的名嘴雖然轉入他們原本不熟悉的電視新聞職場工作，但由於電視新聞評論仍然是一種新聞工作，名嘴每天仍如往常在平面媒體工作時一般，從清晨開始，就要經由閱讀當天主要報紙，輔以雜誌、書籍或網際網路中和重大新聞事件有關的資訊，以掌握每日新聞重點。有時為查證新聞疑點或取得更多新聞事件內幕資訊，還要以電話採訪過去熟識的消息來源，或甚至親赴新聞事件現場蒐集訊息。不過，在平面媒體任職時，他們只負責新聞採訪與報導，轉任電視新聞評論員後，除了要了解新聞事件詳情，還得在談話性節目中分析或評論新聞事件時，提出個人觀點，而不能只像一般記者一樣，為觀眾說故事而已。因此，如何加深個人對新聞事件涵義的洞察力，便成為名嘴的一項重要功課。多位名嘴在訪談中就表示，如何對重大新聞事件提出獨到的觀察及深刻的分析或批判，是工作上的一項挑戰。如何在經常上節目的狀態下，不讓觀眾覺得自己說來說去都是同一套道理，是名嘴在工作中必須克服的一項困難。於是，有名嘴在訪談中表示，在接觸報章雜誌之外，還要從書本中吸收知識，也是重要的工作。

關於名嘴在職場上和談話性節目主持人、節目製作人員，以及電視台經營者之間的權力互動，研究結果顯示，名嘴雖然經常參加談話性節目，和節目主持人、節目製作人員，以及電視台經營者之間，基本上維持一種相互尊重的互動關係。互動頻率增加後，雙方可能發展出類似朋友的情誼，但在職場之外，並無密切來往。多位名嘴在訪談中表示，他們尊重談話性節目製作單位對節目主題及節目進行流程的安排，但不願個人的發言內容受到限制或干預，如果不能在節目中暢所欲言，寧可放棄通告以維持身為評論員的獨立自主性。也基於這種獨立自主的自我要求，名嘴彼此之間雖多半熟識，但也鮮少針對新聞時事交換意見。這或許也是因為名嘴們在上節目時，雖然同為來賓身份，但在發言時仍有競爭關係，於是，名嘴便不太願意與同行分享自己對新聞時事的獨到觀點或獨家蒐尋到的資訊。

身為名嘴，除了經常要與談話性節目主持人及節目製作單位人員互動外，如何與亟欲拉攏名嘴的政界高層互動，也是值得了解的一個問題。訪談結果顯示，除極少數例外，一般而言，名嘴們多半並不完全拒絕與黨政高層互動。名嘴們的主要考量是，與黨政高層見面，可以進一步了解重大政策的決策過程與政策內涵，這當然是名嘴在節目中分析或評論時事時的重要參考資訊。但黨政高層若純粹為拉攏名嘴，不為政策說明，或遭逢危機時想請名嘴代為緩頰而設宴招待，就未必能夠如願。基本上，根據接受訪談的數位名嘴表示，他們如果與黨政高層見面，是以新聞工作者的身份去了解政治人物提供的資訊。也正是因為這種身份，大多數名嘴即使與黨政高層對話，仍會注意保有個人對公共政策的獨立判斷，而不被政治人物利用或收買。但不可諱言，在過去十年中，確有名嘴為增加個人在社會上的影響力，不但毫不避諱地與特定政治人物密切互動，成為政治人物的幕府之賓，甚至主動出力為政治人物拉攏其他名嘴，企求為政治人物共同效力，這也就難怪外界會有「名嘴治國」的批評。

當然，在政治人物之外，名嘴因為具有相當知名度，也難免要花時間與談話性節目觀眾，特別是一些仰慕者互動。從十四位接受訪談的名嘴意見中可以察覺，名嘴們對此多半低調以對。由於電視台會注意名嘴在節目中發言時的節目收視率，名嘴對於觀眾不能全不理睬；但名嘴們也很清楚，若是對觀眾的要求，特別是所謂的陳情請託有求必應，既太花時間，也力有未逮。所以，為省去麻煩，大多數名嘴既不經營所謂粉絲團（仰慕者的組織），也不直接涉入民眾對其陳情的司法案件中，而是接到陳情時，將其轉給民意代表或司法單位處理。整體而言，為在談話性節目中保持表現水準，名嘴們會將多數時間用於準備在節目中的發言內容。畢竟，這是維繫他們名嘴職業生涯的基本功課。

訪談結果也顯示，專職電視新聞評論員雖被許多人稱為名嘴，但其工作的穩定性極低。名嘴在本質上還是電視談話性節目來賓，因為有幾乎每天播出的談話性節目，才會造就出這些名嘴；談話性節目一旦不復存在，名嘴當然也就失去了工作場域。其次，名嘴以接談話性節目通告為生，但並非任何電視台的專屬正式員工。即使與某家電視台約定只上該台的談話性節目，也和所有名嘴一樣，必須要有通告，才能獲得參加節目的酬勞，而發或不發通告給哪一位名嘴，完全是節目製作單位，特別是節目主持人的權力。名嘴知名度再高、或是在節目中發言時的收視率再好，也不能干預節目製作單位對來賓名單的安排。當然，名嘴若是較受觀眾歡迎，獲得通告的機會，甚至獲得的酬勞都可能較多，但即便如此，名嘴每天還是只能被動地等待上節目的機會。因此，和在平面媒體任職時相比，成為名嘴後，這些新聞工作者的知名度及對社會的影響力增加了，也許也滿足了一些虛榮感，但卻長期面對工作不穩定的壓力。面對這種職業生涯中的特殊狀況，名嘴們有兩種應對模式。

第一種模式是尋求上談話性節目之外的其他新聞工作機會，例如兼任廣播節目主持人以增加收入，或是經由其他投資理財管道降低個人經濟方面的不安全感，也或許取得家人諒解，以家中其他成員的固定收入做為自己的經濟後盾。在衣食無虞後，守住新聞評論員的基本工作倫理，包括：不在節目中談自己不懂或風花雪月的八卦話題，也不參加政治立場鮮明的談話性節目，以免犧牲獨立評論的公正形象、不接受政治人物的拉攏，也不為候選人輔選、不做政治或司法紛爭事件中的調人、也不刻意經營與談話性節目主持人、節目製作人員或電視台高層的私人關係，以獲取更多通告。對民眾的陳情，只給予適度的協助或建議。同時，不以名人自居，不經營名嘴仰慕者的觀眾組織。

另一種模式，則是只維持部份的工作倫理，例如，不談外行話題或不以名人自居，但為現實生計考量，願意犧牲若干原則，與政治人物或政治立場鮮明的談話性節目建立合作關係，成為政治體系運作的一環，甚至介入政治或司法紛爭中當起調人。從訪談結果中可以看出來，只要名嘴工作的不穩定本質依然存在，爭取特定政治立場觀眾的談話性節目繼續播出，這一類為謀生計而犧牲新聞專業倫理，卻又能獲得部份觀眾支持的名嘴，就必然會繼續存在於電視新聞評論的職場中，也會一直成為外界批評的對象。

然而，不管以何種模式面對名嘴工作的不穩定性，訪談結果顯示，除了少數名嘴對不擔任電視新聞評論員後的職業生涯已有規劃，大多數名嘴對於下一個職業生涯其實並無明確想法，只能做一天算一天，直到無以為繼時，再謀其他生計。換言之，到目前為止，談話性節目名嘴雖已成為一種新興的傳播工作角色，但從進入此一職業生涯過程的的偶然性，在此職業生涯中工作的不穩定性，乃至此項職業前景的不確定性來看，所謂名嘴，能不能算是一種制度化的傳播工作角色，恐怕目前還難下定論。這也意謂著對有志於從事電視新聞評論工作的年輕人而言，成為名嘴並不是一種可欲的理想。因為，在電視新聞界，沒有一套確定的制度來招募或培訓名嘴，而就算在偶然的機會下成了專以接談話性節目通告為生的名嘴，也不能確定這樣的工作有多穩定或能維持多久，至於成為名嘴後，在新聞職場中會有什麼樣的下一步職業生涯發展，電視新聞界中也還沒有制度性的設計。於是，不管是談話性節目製作單位或名嘴們，都是在「不知道能做多久，做一天算一天」的認知下生活。問題是，如果在電視上評論時事真的是一項重要的新聞工作，關於這項工作的人力資源管理，豈能像現況一樣毫無章法，而完全憑機緣決定？這是在討論所謂的名嘴現象時，必須優先正視的問題。

總言之，做為台灣新興的一種新聞工作角色，被通稱為名嘴的電視新聞評論員，在過去十多年中，對台灣社會的發展與進步，以及增加民眾對新聞事件的理解，不能說是完全沒有貢獻；但是，所謂名嘴現象中的一些負面特質，也是電視新聞評論性資訊產製過程中需要檢討改進的問題。就算名嘴的誕生，是台灣傳媒事業發展史中的一種偶然，名嘴職業生涯的開展，也非名嘴在進入此一職業生涯領域前所能預料，只要電視台一日還在製播談話性節目，名嘴的職業生涯及工作型態至少暫時還會繼續存在。而且，從外界對名嘴現象的諸多批評來看，名嘴的表現，已成為觀察台灣電視新聞專業水準的一項重要指標。因此，對名嘴的工作環境與工作方式，從名嘴的個人特質到從談話性節目製作生態的結構面切入，再做更多有系統的觀察研究，找出名嘴現象中負面特性的改進之道，是傳播學界應該繼續進行的工作。當然，名嘴的自省、社會大眾的鞭策，乃至對談話性節目以及名嘴工作管理規範的建立，也是使名嘴的職業生涯與工作型態更趨穩健發展的必要因素。這是筆者在完成本研究後的至深期盼。

其實，追本溯源，如果多數社會成員同意，在電視新聞工作團隊中，確實應該要有評論員的角色；而社會大眾也的確需要接觸評論性質的電視新聞資訊，那麼，專業的電視新聞台應該將電視新聞評論員納入新聞工作團隊編制內，成為電視台新聞部中的正式工作成員，給他們固定的薪資待遇與福利，讓他們有穩定的工作環境與生活保障，也要求他們恪守一定的工作倫理。同時，也要將電視新聞評論員的招募與培訓納入人力資源管理制度中，如此才可以確保電視新聞評論員能長久為社會貢獻智慧，而不是一種不知前景為何的不穩定工作角色。這是筆者在完成本研究後，對台灣電視新聞界提出的一項鄭重建議。

希望有那麼一天，電視新聞評論員不但不再被稱為「名嘴」，也不會再被看成是不知會延續知名度多久的電視明星；而真正成為受社會大眾信賴與敬重、遇到重大新聞事件時，能為閱聽人指引思考方向的專業新聞工作者。

參考文獻

Bandura, A. (1986). *Social foundations of thought and actions: A social cognitive theory.* Englewood Cliffs, NJ: Prentice Hall.

Barker, D. C. (1999). Rushed decisions: political talk radio and vote choice, 1994-1996. *The journal of Politics,* 6, 2, 527-539.

Betz, N. E. (1993). Counseling uses of career self-efficacy theory. *The Career Development Quarterly*, 41, 22-26.

Betz, N. E., & Hackett, G. (1986). Applications of self-efficacy theory to understanding career choice behavior. *Journal of Social and Clinical Psychology*, 4, 279-289.

Bloch, D. P. (2005). Complexity, chaos, and npnlinear dynamics: A new perspective on career development theory. *The Career Development Quarterly*, 53, 193-207.

Bright, J. E., & Pryor, R. G. (2008). Shiftwork: A chaos theory of careers agenda for change in career counseling. *Australian Journal of Career Development,* 17, 63-72.

DeSantis, A. M., & Quimby, J. L. (2004). *Self-efficacy as a mediator between contextual variables and career choice*. Poster session presented at the 113th Annual Convention of the American Psychological Association, Washington, DC.

Gibson, D. E. (2004). Role models in career development: New directions for theory and research. *Journal of Vocational Behavior*, 65, 134-156.

Gottfredson, L.S. (1981). Circumscription and compromise: A developmental theory of occupational aspirations. *Journal of Counseling Psychology*, 28, 1, 545-579.

Gurevitch, M. & Blumler, J. G. (1990). Political communication systems and democratic values. In J. Lichtenberg (Ed.), *Democracy and the mass media*. Cambridge: Cambridge University Press.

Holland, J. L. (1985). *Making vocational choices: A theory of vocational personalities and work environment*. Englewood Cliff, NJ: Prentice-Hall.

Horowitz, E. (1993). *Talk show politics: The match that rekindles American democracy?* Paper presented to the Annual Convention of Association for Education in Journalism and Mass Communication.

Huffman M. L., & Torres, L. (2001). Job search methods: Consequences for gender-based earnings inequality. *Journal of Vocational Behavior, 58*, 127-141.

Jankowski, N. W., & Wester, F. (1991). The qualitative tradition in social science inquiry: Contributions to mass communication research. In K. B. Jensen & N. W.

Jankowski (Eds.), *A handbook of qualitative methodologies for mass communication research*. New York: Routledge.

Kanfer, R., Wanberg, C. R., & Kantrowitz, T. M. (2001). Job search and employment: A personality-motivational analysis and meta-analytic review. *Journal of Applied Psychology*, 86,

837-855.

Laufer, P. (1995). *Inside talk radio America's voice or just hot air?* Carol Publishing Corporation.

Lent, R. W., Brown, S. D., & Hackett, G. (2000). Contextual supports and barriers to career choice: A social cognitive analysis. *Journal of Counseling Psychology, 47,* 36-49.

Lent, R. W., Hackett, G. (1987). Career sel-efficacy: Empirical status and future directions. *Journal of Vocational Behavior, 30,* 347-382.

Livingstone, S. M. & Lunt , P. (1994). *Talk on television: Audience participation and public debate.* New York: Routledge.

Matelski, M. J. (1997). *Daytime television programming*. Butterworth Heinemann.

McLeod, J. M. (2000). Media and civic socialization of youth. *Journal pf Adolescent Health*, 27, 45-51.

McMahon, M. L. & Watson, M. B. (2008). Systemic influences on career development: Assisting clients to talk their career stories. *The Career Development Quarterly, 56*, 280-288.

Nauta, M. M., Epperson, D. L., & Kahn, J. H. (1998). A multiple group analysis of predictors of career aspirations among women in science and engineering. *Journal of Counseling Psychology, 45,* 483-496.

Nauta, M. M., & Kokaly, M. L. (2001). Assessing role model influence on students' academic and vocational decisions. *Journal of Career Assessment,* 9, 81-99.

Nauta, M. M., Saucier, A. M., & Woodard, L. E. (2001). Interpersonal influences on students' academic and career decisions: The impact of sexual orientation. *The Career Development Quarterly, 49,* 352-362.

Patton, W., & McIlveen, P. (2009). Pratice and research in career counseling and development---2008. *The Career Development Quarterly, 58,* 118-161.

Quimby, J. L., & DeSantis, A. M. (2006). The influence of role models on women's career choices. *The Career Development Quarterly, 54,* 297-306.

Shattuc, J. M. (1997). *The talking cure*. New York: Routledge.

Tang, M., & Russ, K. (2007). Understanding and facilitating career development of people of Appalachian culture: An integrated approach. *The Career Development Quarterly, 56,* 34-46.

Wanberg, C. R., Hough, L. M., & Song, Z. (2002). Predictive validity of a multidisciplinary model of reemployment success. *Journal of Applied Psychology, 87,* 1100-1120.

Whitmarsh, L., Brown, D., Cooper, J., Hawkins-Rodgers, Y., & Wentworth, D. K. (2007). Choices and challenges: A qualitative exploration of professional women's career patterns. *The Career Develpoment Quarterly. 55,* 225-236.

李心怡（2008）．名嘴歌廳秀，求官踏腳石．新台灣雜誌，638，26-28

李愷（2003）．台灣新聞性節目多元化之研究——以談話性新聞節目為例．中國文化大學新聞研究所碩士論文

林志明譯（2002）．布赫迪厄論電視．台北：麥田出版社

林政谷（2008）．政論性叩應節目收視情形與政黨傾向關聯性之研究．國立政治大學政治系碩士論文

林富美（2006）．當新聞記者成為名嘴：名聲、專業與勞動商品化的探討．新聞學研究，88，43-81

高瑞松（1996）．政治性叩應電視節目內容結構分析——以2100全民開講大選大家談為例．國立交通大學傳播研究所碩士論文

陳昀隆（2010）．我國政論節目名嘴現象之研究：以2100全民開講為例．國立政治大學新聞研究所碩士論文

許文宜（1994）．我國廣播電台電話交談節目之研究——打電話者的使用動機與媒介使用行為之關聯性分析．中國文化大學新聞研究所碩士論文
盛治仁（2005）．電視談話性節目研究——來賓、議題結構及閱聽人特質分析．新聞學研究，84，163-203
彭芸（1999）．談話性節目：誰參加談話性節目？誰當選？——三合一選舉中談話性節目的議題與來賓．國科會專題研究成果報告
彭芸（2001a）．談話性節目的閱聽人分析——2000年總統大選選民媒介行為之研究．國科會專題研究成果報告
彭芸（2001b）．新媒介與政治：理論與實證．台北：五南圖書公司
楊意菁（2004）．民意與公共性：批判解讀台灣電視談話節目．新聞學研究，79，1-47

國家圖書館出版品預行編目資料

不要叫我名嘴：
電視新聞評論員的職業生涯與工作型態研究

胡幼偉著. – 初版. – 臺北市：臺灣學生，2011.12
面；公分

ISBN 978-957-15-1555-7 (平裝)

1. 新聞評論 2. 電視新聞 3. 工作研究

897.5 100024340

不要叫我名嘴

著作者：胡幼偉
出版者：臺灣學生書局有限公司
發行人：楊雲龍
發行所：臺灣學生書局有限公司
臺北市和平東路一段七五巷一一號
郵政劃撥戶：〇〇〇二四六六八號
電話：（〇二）二三九二八一八五
傳真：（〇二）二三九二八一〇五
E-mail: student.book@msa.hinet.net
http://www.studentbook.com.tw

本書局登記證字號：行政院新聞局局版北市業字第玖捌壹號

印刷所：長欣印刷企業社
新北市中和區永和路三六三巷四二號
電話：（〇二）二二二六八八五三

定價：新臺幣二二〇元

二〇一一年十二月初版

89701

ISBN 978-957-15-1555-7 (平裝)